T0244745

LOS MONSTRUOS QUE MERECEMOS

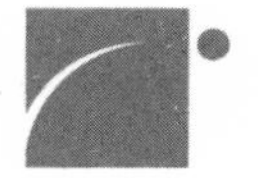

LOS MONSTRUOS QUE MERECEMOS

MARCUS SEDGWICK

Traducción de Inga Pellisa

Título original: *The Monsters We Deserve*

Primera edición: marzo de 2021

Av. Marquès de l'Argentera 17, pral.
08003 Barcelona
actualidad@rocaeditorial.com
www.rocalibros.com

Diseño de Jessie Price
Composición tipográfica de Adrian McLaughlin
Imágenes © Marcus Sedgwick y Shutterstock

Impreso por Egedsa

ISBN: 978-84-17805-89-0
Depósito legal: B 2265-2021
Código IBIC: YFB; YFD

RE05890

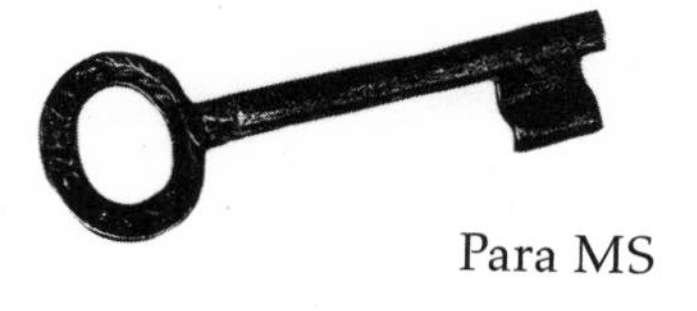

Para MS

Wer mit Ungeheuern kämpft, mag zusehn, dass er nicht dabei zum Ungeheuer wird. Und wenn du lange in einen Abgrund blickst, blickt der Abgrund auch in dich hinein.

(Quien con monstruos lucha, cuide de convertirse a su vez en monstruo. Porque si contemplas largamente el interior del abismo, el abismo mirará también dentro de ti.)

Friedrich Nietzsche

L

Porque si contemplas largamente el interior del abismo, el abismo mirará también dentro de ti. ¿Quién dijo eso?

Aquí arriba hay abismos. De todas las clases.

Aquí arriba...

A cinco mil pies de altitud. Cismas resonantes por doquier. Torrentes de montaña que escupen unas aguas gélidas por gargantas rocosas; un ruido blanco de olvido. Árboles en número inconcebiblemente incontable, testigos de todo, pero mudos. El aire es ralo, seco.

Espera.

¿Ves esa coma? No, escucha, ¿ves esa coma? Está ahí por un motivo. Yo no he escrito: el aire es ralo y seco. No he escrito: el aire es ralo. Y seco.

He escrito: *El aire es ralo, seco.*

La coma es importante: es ese único aliento arrebatado, un momento de dilación en el que se pueden escuchar mis fallidos intentos de encontrar la manera adecuada de explicar todo esto.

Bueno, ¿ha quedado claro esto? Bien. Una cosa aclarada. Estos detalles son importantes. Algo tan pequeño como una coma puede resultar significativo, tal vez crucial. Y a esta altitud, ¿sabes?, a menudo al cerebro le lleva un soplo de tiempo encontrar la palabra adecuada. Pensar con… lucidez.

Sí, hay infinitos abismos aquí arriba, y no cabe duda de que hay algo en sus profundidades. Hasta ahora no he visto nada, pero a lo mejor es porque siempre he mirado de día.

De noche, sin embargo, la noche… La noche es cuando llegan los monstruos, cuando se crean los monstruos. Pero antes de que creemos nada, permíteme que deje explicada otra cosa; esta no será fácil. No será un camino directo. Se moverá en todas direcciones, a los lados y hacia atrás: direcciones para las que no tenemos palabras. Algo más: siempre me ha resultado perturbador que las palabras se impriman en los libros en blanco y negro, cuando la vida es todo menos eso. El color binario de las palabras sobre la página transmite sencillez y claridad. Pero la vida no funciona para nada así. Y tampoco debería hacerlo una buena historia. Una buena historia tendría que dejar un poco de gris a su paso, creo yo.

No puedo evitar nada de esto, pero me comprometo a dar lo mejor de mí para dejar las cosas por escrito lo mejor que pueda, a fin de cuentas, parece que eso es lo que se espera de mí.

Tú lo esperas de mí.

Una vez más, tengo que hurgar entre los estuches de pinturas y herramientas de mi imaginación para conjurar un horror u otro y, como sabes, he sido incapaz de encontrar nada de interés con lo que trabajar.

Sin embargo, hay tanto donde escoger, tantos monstruos... Pienso en Grendel, muerto a manos de Beowulf, que despachó asimismo a la madre de Grendel, en lo más hondo bajo la superficie del mar. O aquella bestia retorcida, Calibán, en su isla tempestuosa. *No tengas miedo,* decía. *¿No tengas miedo?* Ten mucho miedo. Hubo una vez tres brujas *en un lugar desierto* que incitaban a otros al asesinato y la malevolencia: lady Macbeth con las manos manchadas de sangre. *Lo bello es feo y lo feo es bello.* Míster Hyde, el monstruo que llevaba dentro el doctor Jekyll, *a escondidas, como un vulgar pecador;* el monstruo que todos llevamos dentro, el monstruo que todos creamos. El conde Drácula, el antihéroe que muchos tal vez anhelen ser; sexual e inmortal. *La sangre es vida.*

Tantos monstruos... *Hubo un tiempo en que abundaban como las bayas en un balde, como las briznas de hierba en un prado.* O como los árboles de un bosque alpino. Pero ¿hay ahora menos monstruos que antes? Un momento de reflexión y te diré lo que yo creo.

Los monstruos acechan en la savia vital de toda cultura: la historia del mundo es la historia de sus monstruos tanto como la de sus ángeles. ¿Y quién es más fascinante: Erzsébet Báthory y sus baños de sangre, o la madre Teresa y sus pobres?, ¿Vlad Țepeș y sus empalamientos, o san Francisco y sus pájaros? Querría poder darte una respuesta mejor,

de verdad que sí, pero los monstruos se agolpan a nuestro alrededor; siempre ha sido así. Pero si este es el caso, ¿por qué no soy capaz de sacar algo de la chistera? Cualquiera de estas bestias ha capturado nuestra mórbida atención a lo largo de décadas, incluso de muchos cientos de años.

Me gustaría mencionar que fuiste tú quien me mandó aquí. Fue idea tuya.

Ve y empápate. A lo mejor eso ayuda.

Así que aquí estoy, y no, los mapas y las líneas que tracé en ellos no fueron cosa tuya, pero si estoy aquí es por ti, buscando a tientas con mi oxidada creatividad, intentando pensar cómo devolver un monstruo a la vida. Y, te guste o no, me he decidido por uno en particular, finalmente. Aunque la verdad es que no consigo comprender por qué es *este* monstruo el que he escogido. Porque eso es lo que quieres, ¿no? Algo que poder soltar sobre el mundo, como hizo Mary.

Un monstruo dotado de vida.

O

¿Qué fue lo que dijiste?

Algo que se inspire en ello, pero no.

Algo que se parezca, pero no.

Los editores nunca pedís mucho, ¿verdad? ¿Y yo qué pido? Terminarlo y volverme a casa. Eso es lo que quiero. Y no sufrir ninguna baja de guerra por el camino.

Es precioso, esto. Y muy muy tranquilo. Ya sabes que a mí me gustan esas dos cualidades, que las anhelo, de hecho, como me has señalado con frecuencia; la manera en que aparecen ocultas (o no tan ocultas) en mis libros, a pesar de lo que la mayoría de la gente ve en ellos. Y lo que la mayoría de la gente ve en ellos es sangre. Pese a todas tus protestas, me preocupa que eso sea lo único que quieres ver también tú. Recuerdo aquella conversación sobre mi primerísimo manuscrito. *Dame sangre,* dijiste. *Dame sangre. Dame poder.* La quietud no basta, ¿verdad? Nunca basta. Sí, cierto aire de presagio inminente sirve, pero lo que querías en el fondo era la sangre. Aunque, por supuesto, uno nunca sabe lo que es un libro hasta que está terminado, puede que hasta años después de que esté terminado. A veces se tarda ese tiempo en saber qué era lo que que estabas escribiendo verdaderamente. ¿Tú sabes lo que estoy escribiendo ahora? ¿Sabes lo que será este libro? ¿Cómo vas a saberlo, si yo mismo no lo sé?

Belleza y silencio. Nosotros, los moradores alpinos, tenemos ambos en abundancia, pero hay otra cosa aquí que no me gusta tanto, algo que no termino de descifrar lo que es, pero que siento que se acerca. Aguarda entre las sombras oscuras, entre los troncos de los árboles del bosque. Cae como un torrente de la montaña en frígidas aguas. Llega con el soplo del viento, cosa bastante rara aquí, que es algo que no esperaba en las montañas. Yo esperaba grandiosidad; la naturaleza abalanzándose sobre los huesos del mundo. Y se me concedió. Esperaba soledad; eso también se me concedió, soledad sin medida, si así lo quería. Y esperaba que los vientos soplasen, pero, en lugar de eso, el valle angosto en el que he estado viviendo no deja pasar más que una brisa alineada con la mayor de las precisiones.

Cuando llegué, a principios de octubre, tal vez se me podría haber perdonado que lo confundiera con el verano. El color de las hojas de algunos árboles estaba virando, pero aparte de alguna que otra haya o abedul, alerce o roble, la mayoría de los árboles eran ejércitos sin fin de abetos, centinelas que se cernían en la ladera de la montaña y que, silenciosos, todo lo veían.

Abetos. Árboles perennes. Siempre verdes. Eso me despistó. El sol me despistó. Los cielos azules me despistaron. El propio aire me despistó. Ha hecho mucho calor. Pero, una o dos veces hasta ahora; un bajón repentino de la temperatura y el aire cambia de olor. *Algo* se acerca al menos: el invierno. El invierno se acerca y yo tengo que estar fuera antes de que llegue.

No te conté cómo encontré la casa, ¿verdad?

Una casa de montaña, lo mismo un establo que un lugar donde vivir. Lleva ahí por lo menos trescientos años, en lo alto de las pasturas alpinas, para que los pastores de ovejas y cabras y vacas se ocupen de sus rebaños durante el verano. Un *chalet d'alpage,* lo llamaban antes. No es lugar para el invierno, no se pensó para eso. Incluso hoy en día, en el mejor de los casos, es el abrupto lugar en el que alguien pasa el fin de semana. En invierno, la nieve llega al borde del tejado. O más arriba. Incluso sin nieve, lo más cerca que puedo dejar el coche es a quince minutos de camino. Después de cada viaje al pueblo, tengo que subirlo todo a cuestas en la mochila por un estrecho sendero.

El agua proviene del nacimiento de un río, llega por una antigua cañería que baja cruzando el bosque de arriba; la única calefacción que hay es la de los troncos de la salamandra y la de la estufa de leña, con su chimenea de madera (sí, en serio). La única electricidad, la del generador, y no lo tengo siempre en marcha porque, para ser sincero, anda siempre estropeándose y estoy harto de arreglarlo. El lavabo está en un cobertizo acoplado a un lado de la casa, accesible solo desde fuera.

La casa se encuentra al final de un sendero, sobre una ligera pendiente, de modo que la parte de atrás está pegada a la ladera, y la entrada del sótano queda al nivel del suelo por delante. Hay extensiones de bosque y pasturas por debajo, y nada más que bosque por encima, hasta la linde de los árboles, otros trescientos metros más arriba. Como he dicho, es muy muy bonito.

Al principio no conseguí encontrar nada como esto. No donde yo necesitaba que estuviera. Entonces comencé a pasarme por los bares (no te preocupes) de St. Jean, Le Praz, Mieussy y sitios así (trazando otro pequeño triángulo), preguntando por ahí, hasta que conocí a un tipo llamado Étienne que me dijo que sí, que él tenía una casa que me podía alquilar.

Me trajo aquí y me enseñó la casa, pero yo sabía

que la iba a alquilar antes incluso de poner un pie dentro. Lo miré y le dije: «¿No le interesa saber por qué un escritor inglés busca una casa de alquiler en mitad de la nada?».

Dije esto en inglés, y me pregunté si a lo mejor no había entendido la expresión. Me miró, largo rato, y entonces una sonrisa ladeada asomó a su cara y me respondió, también en inglés: «Pero esto no es en mitad de la nada. Esto es el centro del mundo». A pesar de la sonrisa, supe que lo decía en serio. Y quién podría no estar de acuerdo; al menos de momento, esto es el centro de *mi* mundo.

El centro del mundo. Ahí es donde estoy.

Y así es como he llegado aquí; tú, y Étienne y mis malditos triángulos.

El primero que dibujé fue el triángulo con Ginebra en un vértice, Évian en el segundo y la *mer de glace* en el tercero. Fui a la *mer de glace*, por cierto; el mar congelado, que es un glaciar que se desliza lentamente por las colinas del Mont Blanc, un monstruo que avanza a cámara ultralenta, tan lenta que solo un dios sería capaz de percibir su movimiento a lo largo del tiempo. Sentí entonces cierta conexión, por las ilustraciones antiguas que había estudiado. Sus descabellados campos de hielo tienen exactamente el mismo aspecto que cuando los visitó Mary en 1816. Se alzan como olas solidificadas, esculturas abstractas, fantásticas, como criaturas míticas, convertidas en hielo.

Tú conoces la importancia de estos tres lugares: Ginebra, Évian, el glaciar; creo que hablamos de ellos antes de marcharme. Dibujé el triángulo. Y luego dibujé tres líneas más, desde cada vértice del triángulo hasta el centro del lado opuesto, para encontrar el centro exacto del campo de tres lados que yo había creado. Te divertirá saber, aunque ya sé que estas cosas me gustan más a mí que a ti, que la casa en la que he estado viviendo estas últimas semanas se asienta, por lo que yo sé, a no más de cuatrocientos o quinientos metros de distancia del centro mismo de este triángulo; que parece ser una pendiente prácticamente inaccesible que hay justo antes de que el verdadero pico de la montaña se impulse hacia su cumbre.

Así que estaba bastante satisfecho de mí mismo. Me había colocado más o menos por casualidad en una especie de epicentro del mundo de Mary. O del mundo de sus creaciones, mejor dicho. ¿Y luego?...

Nada. Nada.

Odio la nada. Todos los escritores la odian. En épocas como esta siempre dices que ya volverá, pero ¿cómo vas a saber tú eso, si yo no lo sé? ¿Qué te hace estar tan seguro? Hay mucha gente que un día dejó de escribir, a la que la fuente se le secó y nunca se le volvió a llenar. ¿Por qué tendría que creerme distinto?

Nada es el perfecto contrario de lo que estamos intentando hacer. Como dijo el rey trágico, *Nada saldrá de nada.* No se puede sacar algo de la nada, se saca de otra cosa, de algo que se te mete dentro, lo quieras o no. Como el amor. O un virus. (Elige tú, pero así es escribir un libro, eso también te lo he dicho muchas veces. No se puede escribir un libro sin infección. Te infectas, y hasta que no *estás* infectado no queda recogido en el papel nada digno de ser escrito.)

Por otro lado, yo creo que sí me he dado algo, con el triángulo, con la casa de Étienne en la montaña, creo que me he dado lo suficiente. Pero parece que no. El invierno se acerca, y entonces tendré que irme. Apareció ya una breve capa de nieve en la cumbre. No la vi caer; llegó en secreto por la noche, *como un amante.* Al mediodía ya no estaba, desapareció tan rápido como había llegado, pero sé que es un aviso. Tengo que darme prisa.

Y, sin embargo, aún no tengo nada para ti, nada de nada.

S

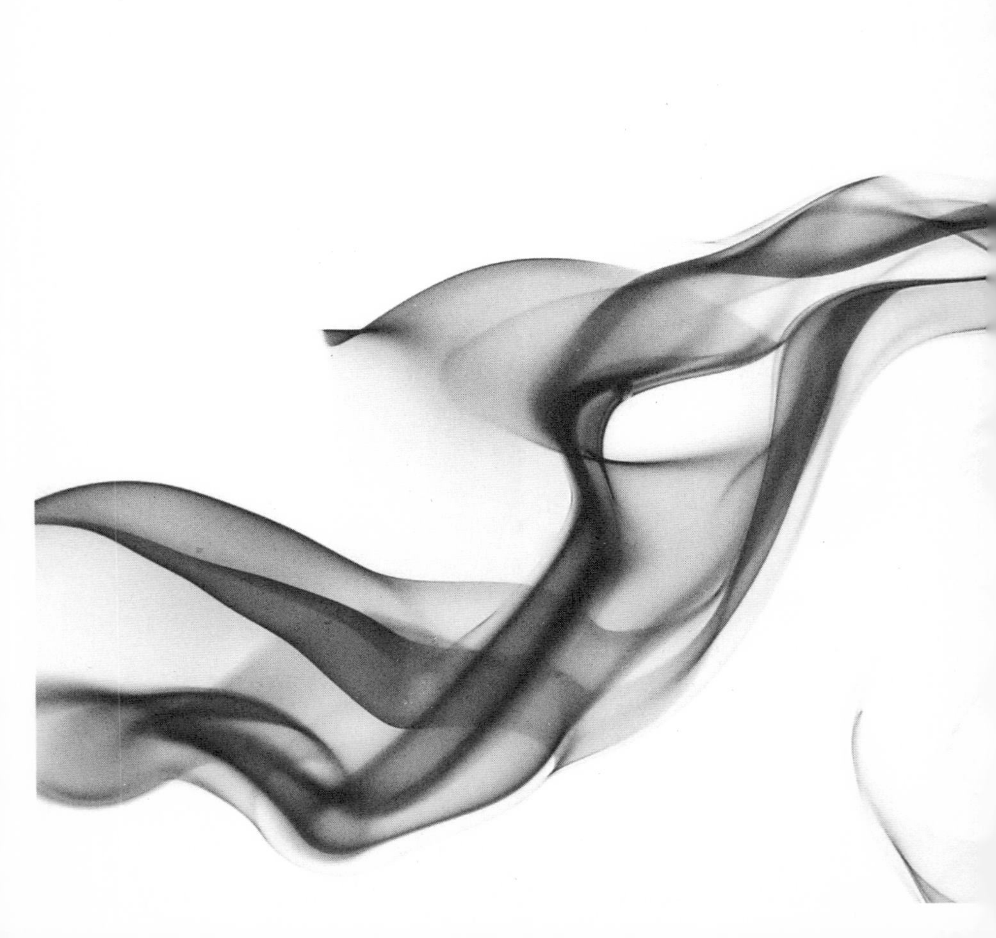

He soñado con una respiración.

Con el sonido de una respiración, rodeándome por todas partes, envolviéndome de cerca, en la oscuridad del rincón en el que duermo.

Al despertar, ya no estaba, y en ese momento he sabido que era solo un sueño.

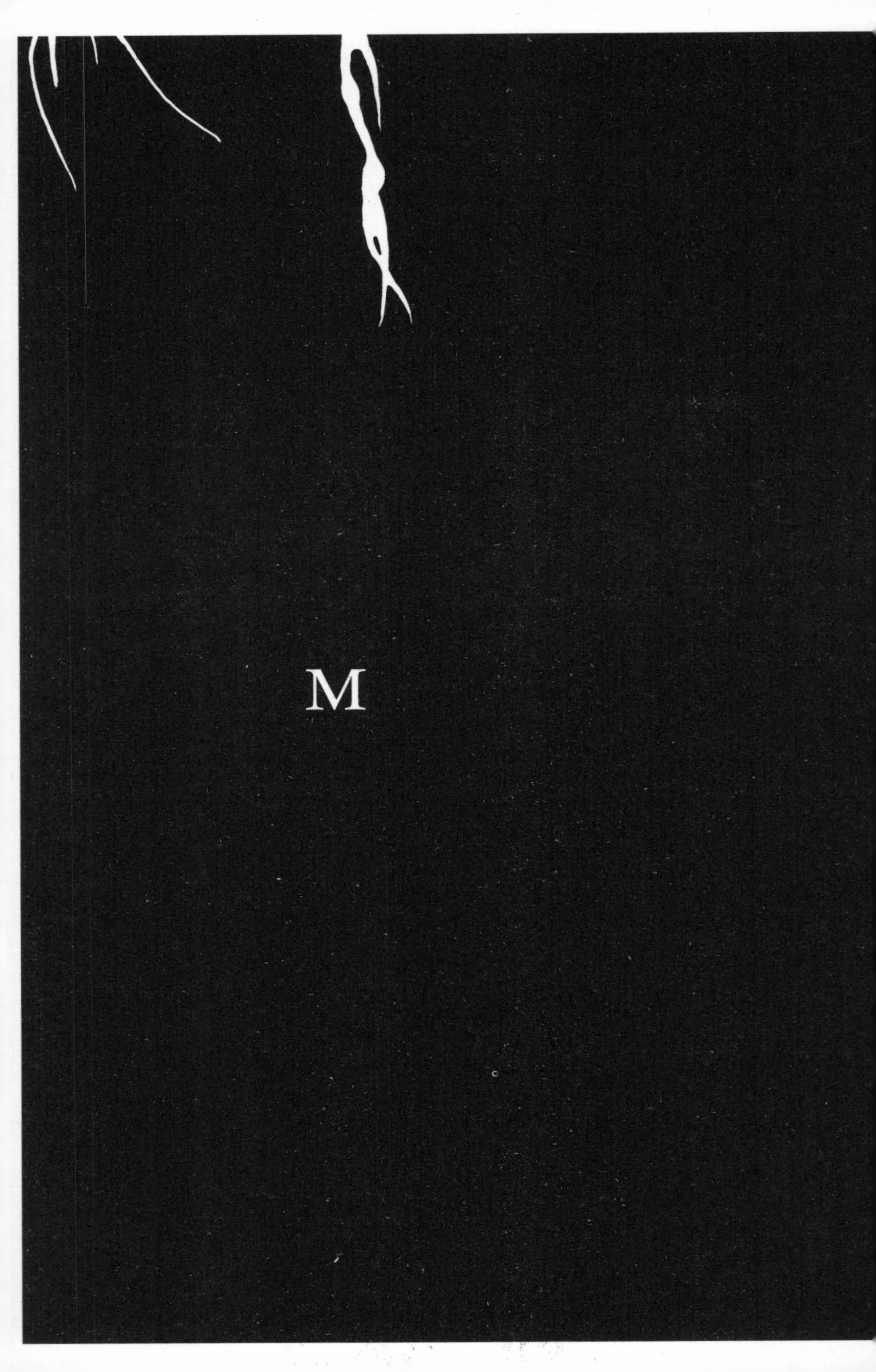

M

Esto a lo mejor te gusta: hace poco salí por la lengua de bosque que hay al pie de la casa y encontré un tocón muerto en el que sentarme; me eché a temblar tan pronto como me alejé del sol. Estaba todo en silencio; ese silencio absoluto que es en cierto modo inquietante, como si el Tiempo se hubiese detenido. No es solo la quietud, son la quietud y los árboles. Yo he amado siempre la naturaleza, y los bosques, pero estos árboles... Al cabo de un tiempo te empiezan a poner de los nervios. Supongo que parece una tontería, pero hay algo directamente incómodo en la forma en que se alzan por decenas de millares; sin decir nada, testigos de todo, como he dicho. Estoy seguro de que contribuyen a esa sensación de inquietud, así que mientras estuve ahí sentado, intenté recordarme que a mí me *gustan* los árboles. Que no son nada siniestro. Y, sin embargo, hay una diferencia abismal entre los gentiles robles y fresnos y esa legión de abetos de los Alpes. La luz al pie de un roble es moteada, la luz al pie de un bosque de abetos es prácticamente inexistente.

⁂

Allí no parece que viva nada, nada se mueve. Un lecho de un billón de agujas de pino muertas amortigua todo sonido. Los helechos están inmóviles. Flota el olor de la descomposición, de las esporas de los hongos. Poco más.

Sentado en mi tocón, el instante se tornó en hechizo. E hizo falta una criatura viviente, un pájaro, que saltó de la rama baja de un pino, para romperlo. Me di cuenta de que, junto con el Tiempo, había estado conteniendo la respiración, y entonces solté una risotada y negué con la cabeza.

Es raro, cuando uno pasa un tiempo largo solo. Una o dos veces me he descubierto pensando en voz alta sin darme cuenta; creo que fue simplemente que necesitaba escuchar una voz, aunque fuera la mía. Lo más que he estado sin hablar con nadie, sin ir al pueblo, son ocho días. Ocho días sin hablar. No parece mucho tiempo, ¿verdad? Prueba. Así que cuando me reí me sobresalté un poco a mí mismo, y por un segundo me pregunté de quién era aquella carcajada, antes de reconocerla como mía.

Ese aire ralo que he mencionado antes te engaña de más de una manera: no es solo que te sangre la nariz o tengas la piel seca; también deja que el sol atraviese con más fuerza, y que el tiempo parezca más templado de lo que es. Hasta que te pones a la sombra y descubres la realidad. Hace... frío.

Me senté, hojeando mi cuaderno, buscando algo, lo que fuera, que pudiese ser la clave de toda esta idea; cada vez más y más frustrado, más y más helado, hasta que llegó un momento en que no lo pude soportar. Me levanté y me alejé dando pisotones hasta una franja de sol para entrar otra vez en calor. Me quedé ahí, echando humo un rato hasta que me di cuenta de que no se puede estar enfadado en un bosque. ¿Tú lo sabías? Pero hasta ese momento, estuve maldiciéndote en silencio.

Eso es mentira. En realidad le conté al bosque que eras una criatura maligna por meterme en esto, y luego me di la vuelta y recordé que estaba en un bosque y que, ¿tú lo sabías?, no se puede estar enfadado en un bosque, y me di la vuelta de nuevo y me puse a pensar en sopa. Y en vino, pero sobre todo en sopa, que fue lo que me empujó de nuevo a casa, pasando antes por el tocón para coger el cuaderno. Y había estado totalmente en calma todo este rato, todo este rato, pero cuando me acercaba una inusual punzada de brisa subió soplando el valle.

Y entonces ocurrió esto: el viento pasó las páginas del cuaderno.

No todas a la vez. Primero, una. *Zas*. Luego dos más. *Zas, zas*. Y luego otra, como si una mano invisible estuviese buscando el punto exacto, y justo cuando me inclinaba para cogerlo, mi propia mano vaciló al ver la página, en la que había escrita una solitaria anotación; una anotación para mí:

Detestas este libro. Destrúyelo.

Eso es todo, pero es lo único que necesito. Lo sé.

Con eso bastará. He comenzado con menos. Así que por la presente: ¡me declaro infectado! Te escribo para informarte de que finalmente tendrás tu historia (y yo podré irme de aquí antes de que lleguen las nieves), pero no habré sido yo quien te la traiga: habrá sido el viento.

Me pondré a ello mañana; ahora tengo que tomarme esta sopa. Si el trabajo avanza como espero, tendré el primer borrador en un par de semanas, tres a lo sumo; ya sabes que trabajo rápido una vez arranco. Lo realmente curioso es que ni siquiera recuerdo haber escrito esa frase en el cuaderno. Aunque por otra parte me cuesta recordar lo que hice ayer, así que aceptemos lo que nos es dado, ¿no?

O

Está siempre la cuestión de por dónde comenzar.

En este caso, no puedo hacer nada mejor que decir que comenzó, por supuesto, con ese libro.

Yo, en efecto, detestaba ese libro. Lo he detestado siempre, aunque me doy cuenta de que mis sentimientos han ido madurando con el paso de los años. Antes solo me desagradaba; ahora lo odio. Me repele. Sé que suena exagerado, pero es la verdad. Me repele en más aspectos de los que puedo expresar. He lanzado muy pocos libros contra la pared a lo largo de mi vida, uno o dos, solamente; por rabia, frustración. ¿Un libro te aburre? Lo dejas y listo. Tiene que haber algo más para que arrojes un libro por los aires: un final ferozmente decepcionante, por ejemplo, uno de esos en los que sabes que el autor no se tomó la molestia de esforzarse por darte algo original, algo que valiese la pena.

Miro el ejemplar que tengo de la abominación de Mary y lo veo: ajado, no por el amor de releer, sino por el impacto de reiterados aterrizajes contra suelos y paredes.

Le prendería fuego, pero no soy capaz. Hay un tabú intelectual en torno a lo de quemar libros. Nosotros no hacemos esas cosas. No.

Allí donde se queman libros se termina quemando también personas.

¿Quién dijo eso? Aquí arriba no tengo conexión a internet; en el móvil, que rara vez me molesto en conectar, aparece solo una barra de cobertura, que sirve para exactamente nada. No puedo hacer búsquedas. Vivir de esta manera me hace ver lo fácil que es distraerse con los detalles menos importantes de una historia. Cuántas veces nos volvemos hacia el mundo cuando deberíamos volvernos hacia dentro. Al principio me molestaba; ahora he comprendido que está haciendo que me centre en lo que debería centrarme: el libro, y la infección.

Hacía años que no escribía de esta manera. Me hacen falta algunos de estos detalles, pero pueden esperar, no pasa nada: hay un momento para investigar y un momento para escribir. Así que mientras les doy vueltas, voy haciendo una lista de las cosas que tengo que buscar la próxima vez que vaya al pueblo y tenga una conexión como es debido en el móvil.

Monte Tambora (ambas alturas)
«Beati gli occhi che lo vider vivo»:
comprobar fuente original
Efectos neurotóxicos de la exposición al
gas butano
¿¿Exorcismo del hielo?? ¡¿Exorcismo?!

Y ahora he anotado:

Allí donde se queman libros se termina quemando también personas.

Diría que fue un alemán el que lo dijo. Un escritor, creo. A los escritores les preocupan los libros, por lo general. Goethe, ¿tal vez? No. Mann tampoco; lo sabría, si fuese Thomas Mann. Heine, quizás. Sí, es Heinrich Heine. Eso sería un siglo entero antes de las quemas de los nazis. Una cosa sí sé: que la gente queme libros y que prohíba libros es, en cierto modo, buena señal. Es buena señal porque significa que los libros tienen poder. Cuando la gente quema libros es porque tiene miedo de lo que guardan en su interior, y esa es la clave: *tener miedo del contenido de un libro significa que los libros tienen poder.*

(Tener miedo del contenido de un libro...)

La visión de Orwell de nuestro terrible futuro consistía en un mundo así: un mundo en el que los libros se prohíben o se queman. Sin embargo, a mí ese no es el mundo más terrorífico que se me ocurre. Pienso más bien en Huxley (¿te he contado alguna vez que se supone que estoy emparentado con Aldous Huxley? Eso dice la leyenda familiar, y a mí ya me está bien); pienso en su *Un mundo feliz*. Su visión era la más terrible, en particular ahora, porque da la impresión de que se está haciendo realidad rápidamente, mientras que no ocurre eso con el mundo de *1984*. ¿Cuál es la horrible visión de Huxley? La de un mundo en la que no hay necesidad de prohibir libros, porque nadie se toma la molestia de leer ninguno.

Bien, allí donde se queman libros se termina quemando también personas. Hemos visto que es cierto, y los propios libros son la forma en que podemos asegurarnos de recordarlo.

Pero ese no es el motivo por el que no he quemado este libro en particular. No lo he quemado porque, primero, solo estaría destruyendo *mi ejemplar.* El Libro en sí saldría indemne de mi raquítica pira funeraria. Su «libretud», su existencia en cuanto que historia, es independiente de cualquier ejemplar concreto. Igual que un gen en la reserva genética. (¿Te acuerdas de aquel *email* que me mandó una lectora sobre mi última novela? *Quiero que des la vuelta al mundo y quemes todos los ejemplares que hay para que nadie tenga que pasar por lo que yo he pasado.* Ese todavía no lo he respondido. Te sorprende, lo sé. Pero su idea era acertada: tendrías que destruir todos y cada uno de los ejemplares. Y aun así, aunque lo hicieras, seguiría sin servir mientras quedara con vida una sola persona que lo hubiese leído. Que es por lo que los quemadores de libros están siempre condenados al fracaso.)

Y es por eso por lo que, segundo, no lo puedo quemar: dado que el libro es todo lo inmortal que puede serlo hoy en día una obra hecha por la mano del hombre, no hay nada que hacer. Lo único con lo que puedo hacer algo es mi reacción al respecto, y si lo quemara, solo estaría admitiendo que me tiene obsesionado.

Aunque de todos modos, maldita sea, lo has adivinado páginas atrás: así es, ¿no?

Un tercer pensamiento: yo no he estado siempre obsesionado con él, ni mucho menos. Hay libros que me gustan mucho más, libros que he leído más veces, libros con los que me he obsesionado. Un sinfín de años en mi vida han pasado, uno tras otro, sin que yo pensara siquiera en ese panfleto espantoso de Mary Shelley, no digamos ya cogerlo. Y, sin embargo, ahí está ahora, en los tableros del centro del cuarto, adonde lo he arrojado llevado por la exasperación hace un par de horas. Por eso estoy aquí. Y por eso estoy destruyendo lentamente mi razón, no cabe duda.

Desde que el libro ha aterrizado en el suelo, quejándose con un leve crujido de hojas dobladas, me he preparado algo de comer, que no es cosa fácil. Me he decidido por pan con queso, y sopa (otra vez) calentada en el viejo fogón de gas. Aquí no hay cocina, en realidad. Llamar casa a esta casa ya es apurar mucho. Una cabaña alpina, apenas tocada en quién sabe cuánto tiempo, con pocos indicios de cosas modernas. Es más como un establo donde acampar que un lugar en el que vivir, aunque alguien lo hizo, y no hace tanto, me contó Étienne. Pues claro que vivió alguien, veo el rastro de ello.

Por ejemplo... por ejemplo el fogón de gas que hay sobre la encimera y que pasa por cocina. El quemador está viejo y combado, y lo alimenta una gran bombona de butano por medio de un tubo de goma que tiene pinta de que podría estar deteriorándose. Y tampoco estoy seguro de que la válvula esté conectada como es debido, ya puestos. Cada vez que enciendo el fogón lo hago medio esperando salir volando por los aires, y qué demonios, no sería mala forma de irse, estallar en pedazos en una remota casa en las montañas, y todo por culpa de un libro. Al menos así me llevaría esa condenada cosa conmigo, bueno, ese ejemplar mío, y eso, como ya he dicho, sería una victoria completamente insignificante. Pero, de todos modos, ¿te imaginas qué espectáculo? La casa estallando en una bola de fuego de madera envejecida; láminas de metal del tejado arrojadas hacia el cielo negro, girando; el raudal, las llamas agitadas; chispas brillando en la oscuridad, y la bóveda estrellada en lo alto, sirviendo de pantalla en la que se proyectaría una escena que nadie llegaría a ver.

Suponiendo que la bombona de gas no me haga saltar por el cielo de la noche cerrada...

Paso la mayor parte del tiempo en ese único cuarto sensible que conforma la planta superior de la casa; tiene un techo abovedado hecho de vigas de madera inmensas. A lo largo de uno de los lados de la habitación hay una plataforma, un entresuelo, con una escalera que sube hasta él, tan empinada que es más bien como una escalera de mano. En la esquina, asomando al valle, está el espacio destinado a cocinar, y en la esquina diagonalmente opuesta, un vestidor que sobresale de la pared, pero no consigo abrir la puerta, así que mi ropa se desparrama por el respaldo de una silla que subí a tal efecto.

Tengo aquí mi escritorio; una mesa con tapete de ganchillo que pegué junto a la segunda ventana con vistas al valle, y entre esta y la «cocina», la chimenea de madera se abre paso hasta el tejado, seis metros más arriba. Me encanta el aire de derrota del sillón de piel que descansa junto al fuego, y junto a él, una lámpara atornillada a la columna central de la casa, que da la luz justa para leer, por suerte. Hasta que lanzas el libro por el suelo, claro está...

Me abrí una lata, calenté la sopa. Puede que descorchara una botella de tinto. Corté el pan que había comprado esa mañana y un taco (qué palabra tan horrible, ¿por qué no la cambio?) de queso curado, y todo ese rato el libro siguió tirado en el suelo, mandándome malas energías. Pasé por su lado, fingiendo no reparar en él, lo dejé ahí en el suelo y traté de no apartarme de mi camino para esquivarlo cuando llevé la comida a la mesa, y ¿a quién quiero engañar?, pues claro que tenía la batalla perdida, porque lo evitara o no, es como un antiguo amante en el que intentas no pensar: está presente de un modo u otro, él o ella gana. Lo único que podía hacer, mientras masticaba malhumorado, era dejarlo tirado en el suelo. Lo dejaré ahí toda la noche, y solo por la mañana, cuando me tenga que poner a trabajar en él, recogeré el maldito libro del suelo y lo trataré con algo de respeto.

Pero, ahora, no pienso tenerle ninguno, porque no merece ninguno.

Se puede ir al infierno. Y arder en él.

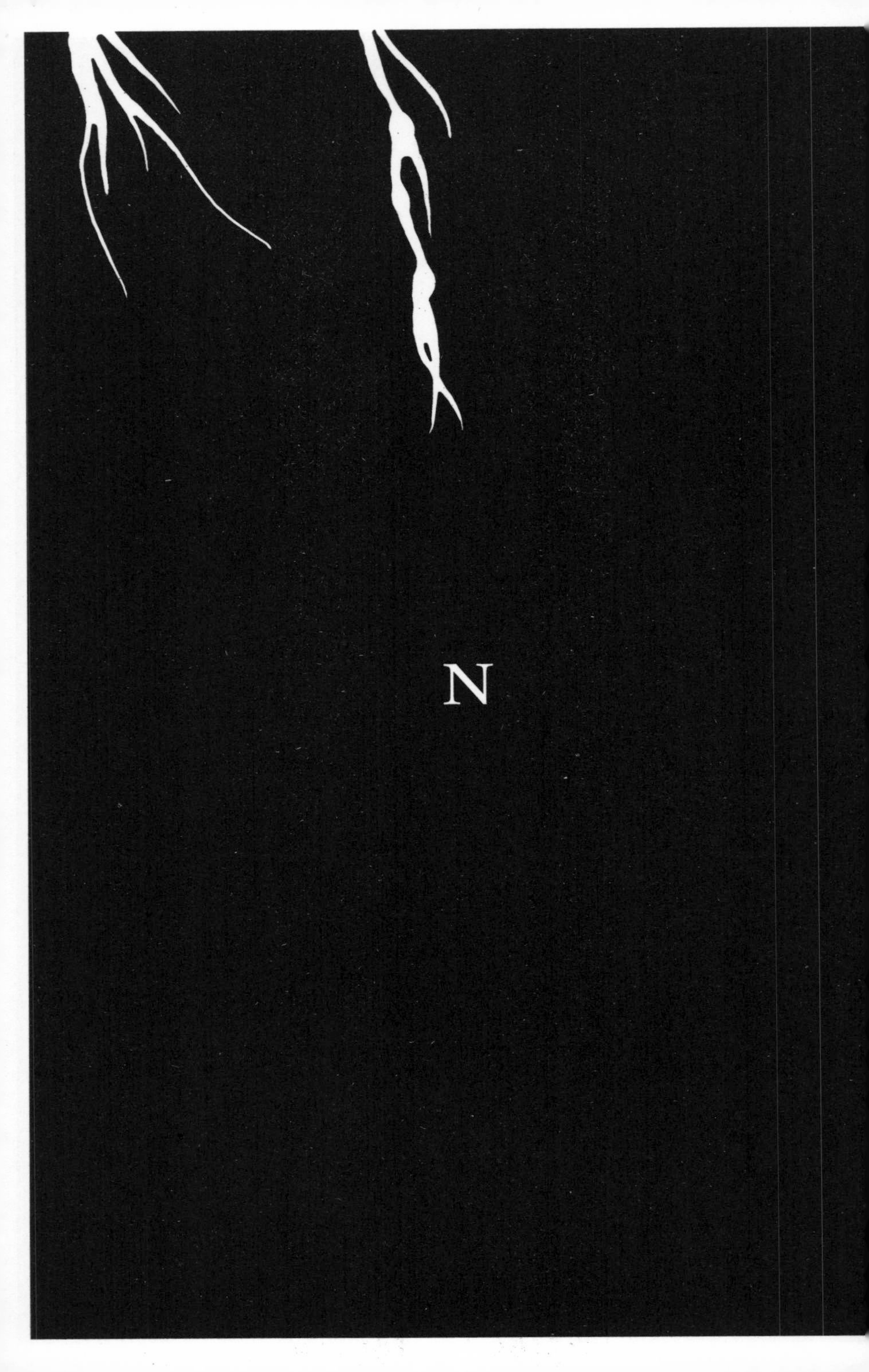
N

El generador está averiado. Otra vez.

Justo cuando necesito luz para trabajar.

Meto los pies en las botas y afuera que voy, linterna en mano. La luz se abre paso débilmente a través de la oscuridad y me muestra cuánto frío nocturno no alcanzo a ver. Bajo por la pendiente junto a la casa. Hay algo que me inquieta siempre de este lado, pero no acabo de comprender qué es. De todos modos, está demasiado oscuro para pensar en ello ahora, y puede que no sea la casa lo que me tiene intrigado, sino otra cosa.

Piso con cuidado, escojo el camino con la luz de la linterna.

Al rodear la esquina, hay un animal. Es un ciervo; un macho adulto. Sus ojos quedan suspendidos en el haz de luz, igual que ambos quedamos suspendidos en el momento. Se alza ahí, plantado en el universo de un modo en que yo nunca lo estaré; sus ojos brillan iluminados por la luz que dirijo a su cara, y de pronto se va, de un plumazo desaparece, se arquea perdiéndose en la noche, en el bosque

que se extiende sobre la casa. Persiste en mi mente como un cianotipo: veo su cornamenta, qué pesada corona, pero una corona que dice: *si puedo cargar con este peso, no te tengo ningún temor*. Veo el leve sobresalto en su cara cuando rodeo la esquina de la casa. Veo sus patas traseras mientras se desliza de nuevo en la negrura.

¿Cómo es que no me ha oído? Debo de haber hecho bastante ruido al empujar la vieja y pesada puerta, bajando apresurado la cuesta. ¿Quién sabe? Ya no está.

Me doy la vuelta y abro empujando con el hombro otra puerta pesada: agacho la cabeza para cruzar y entró en el sótano.

Silencio.

Está tan silencioso... El suelo de tierra absorbe el sonido, las paredes ruinosas me miran inexpresivas, la oscuridad aquí es más total que fuera, donde, si apagara la linterna vería libremente las estrellas.

Arranco de nuevo el generador, tal como me enseñó Étienne. Vuelve a la vida renqueante, resentido, me doy cuenta, me doy maldita cuenta, y me vuelvo, y de pronto noto la mano húmeda, caliente.

La pongo en el haz de luz y veo sangre y un corte. Un buen montón de sangre.

Dejo la mirada perdida en el bosque a los pies de la casa. Y apago la linterna. El tiempo pasa. Hay sombras. Troncos. El verde de los abetos se vuelve de un gris espectral con esta luz, y apago la linterna, apago la linterna, y espero a que aparezca la luz de las estrellas. El corte de la mano. En un rincón de mi cabeza, me pregunto vagamente cómo me lo he hecho, y escucho los árboles y oigo un leve golpeteo que marca mi pie derecho, como la yema del dedo en el tablero de una mesa de madera. Me recuerda a una escena que escribí una vez en un libro, pero no recuerdo cuál. Me escuece la mano. El corte zumba. Tengo que arreglar ese generador. Arreglarlo. Como arregla un gánster un problema con una bala en los sesos, porque es muy irritante que te derrote una máquina, y una máquina de cincuenta años, encima. Tengo un libro que escribir. Y además, quiero electricidad.

Estoy en el bosque. Rodeado de árboles, y sé que ese golpeteo era mi sangre goteando en el umbral del sótano, y ahora sin transición sobre el lecho del bosque voy a la deriva, y me desgarro los pulmones con el aire helado, y ese aire helado, ralo, ralo, me corta, no, no me gusta eso, se me *clava* camino de los pulmones, me desgarra con cristales hasta que duele, y lo noto, ¿habías pensado alguna vez o sabías cómo notamos los pulmones? ¿Las tripas? ¿El bombeo de la sangre? ¿La gélida ola de miedo cuando haces algo mal, y qué más queda por decir sino, el latido del corazón? Un corazón que late. Un corazón que late. Dilo al ritmo de los latidos de tu corazón, y el bosque es el primero en verme, mientras el generador retumba en su cueva y yo sé que me asalta el repentino presagio de que no voy a escribir este libro.

Subo dando traspiés.

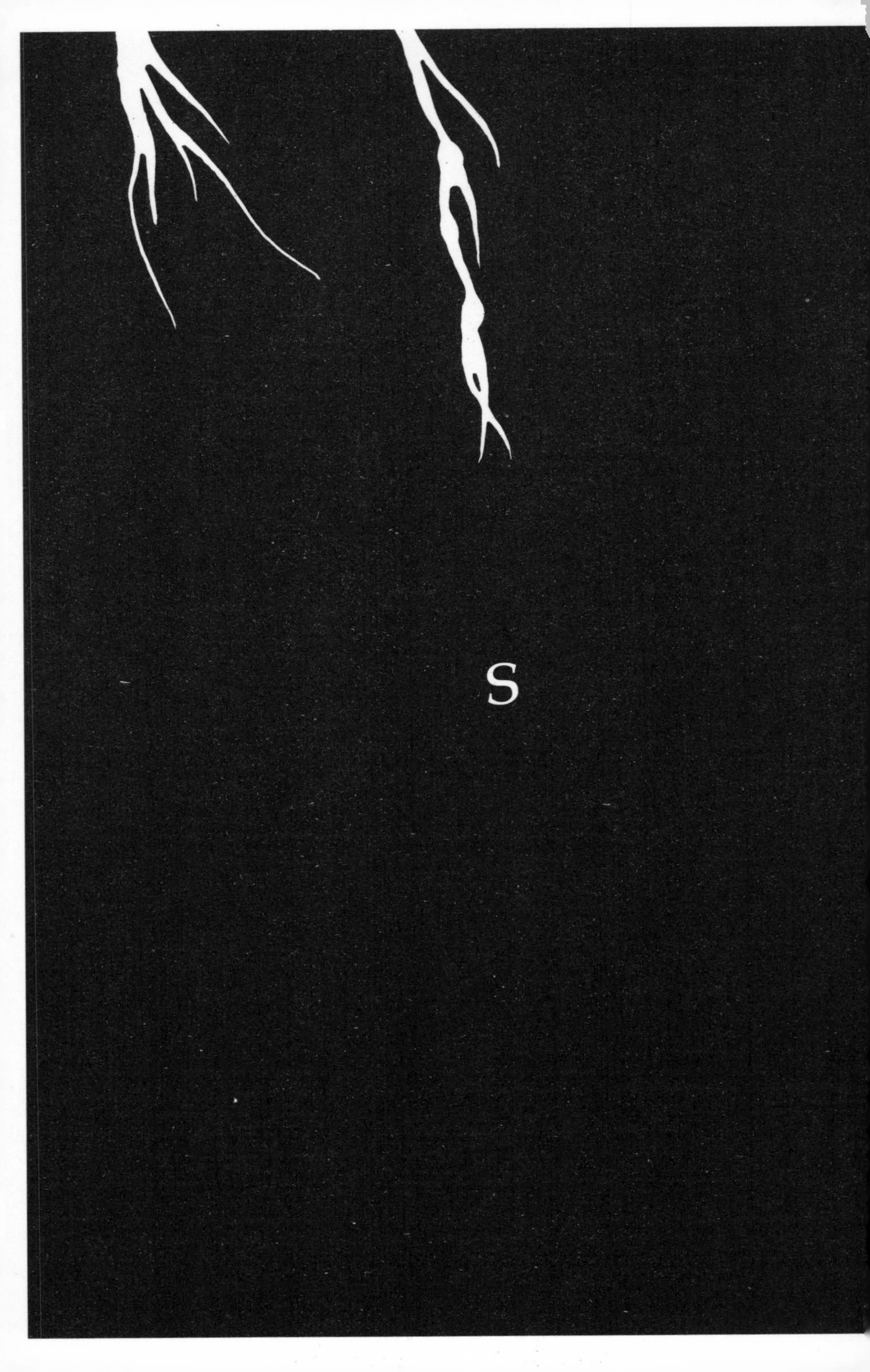
S

Sueño otra vez con esa respiración. Me rodea por todas partes. Por todas partes. Muy cerca, tan cerca que es parte de mí, y me despierto, los ojos abiertos mirando el aire frío y oscuro.

Sigue sin haber nada.

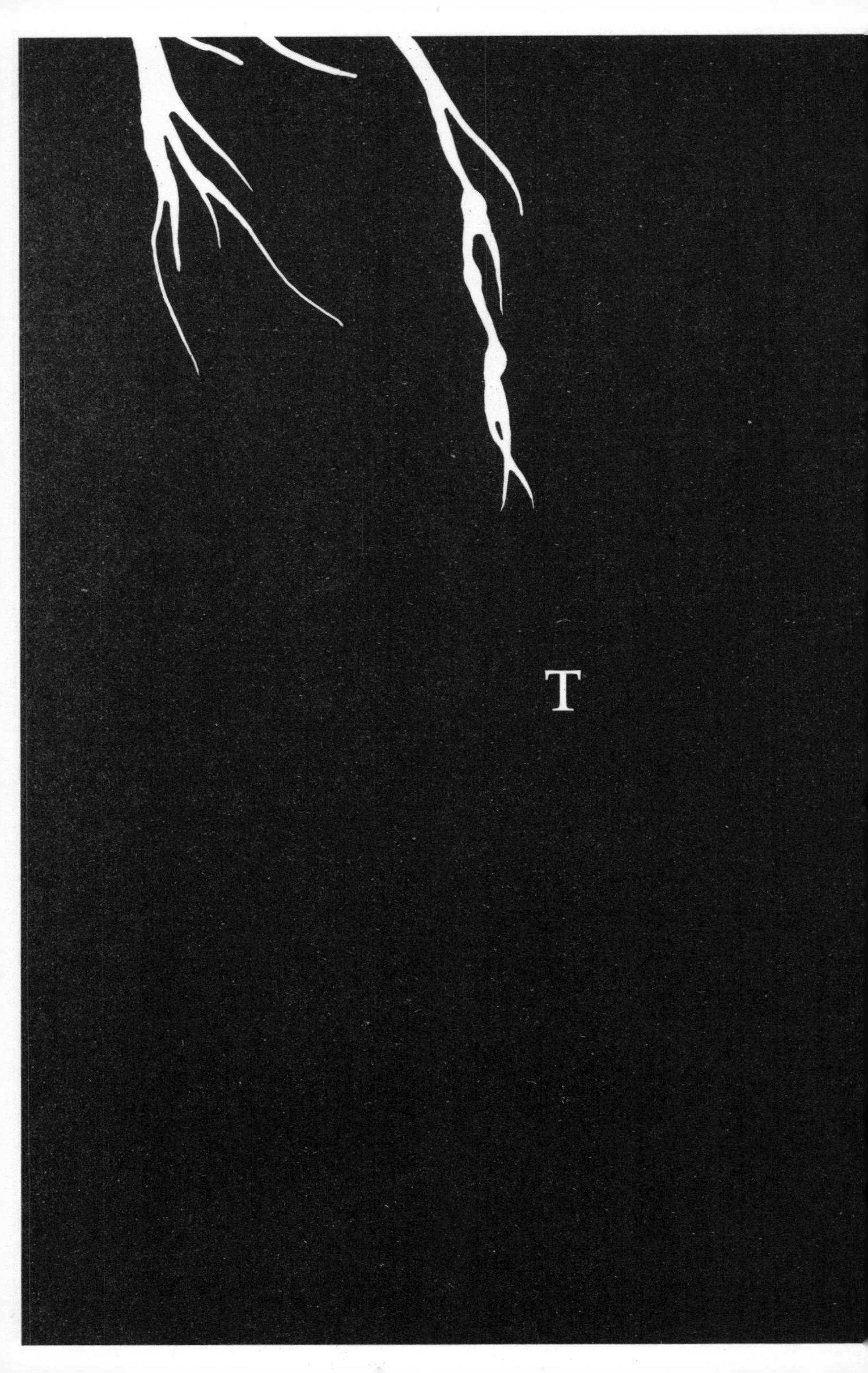
T

Voy a escribir este libro.

Voy a escribir este libro.

Voy a escribir este libro.

Es mi mantra diario.

Lo voy a hacer, lo voy a hacer. Lo haré, lo haré.

Bajo de la comprimida zona de dormir (no me tienta todavía llamarla dormitorio), que da al espacio donde cocino, lavo los platos, me aseo, camino y pienso. Y no escribo.

Pongo un cazo en el fogón para calentar el agua del té y me pregunto si otra vez huele a gas. No. ¿No? Cojo el libro del brazo del sillón y me lo llevo a la vieja mesita que uso de escritorio. La mano me da punzadas.

Le clavo los ojos, al libro, me refiero, como hago tan a menudo, y cada vez que lo hago siento una especie de remordimiento por el hecho de odiarlo, odiarlo cuando todo el resto de gente del mundo parece amarlo; y al mismo tiempo reparo en las decenas de esquina dobladas con las que he marcado los pasajes que me repatean. ¡Y solo tengo que abrirlo por cualquier página y mi repugnancia regresa!

Cosas que ofenden la idea de elegancia de un lector sensible.

Mira, permite que las enumere.

Prueba A: *Las coincidencias*

Los sucesos casuales y excesivamente oportunos que surgen una y otra y otra vez: síntoma de una escritora demasiado perezosa o estúpida para encontrar modos de eludir recursos argumentales tan torpes.

Por ejemplo: Victor es estudiante, en Ingolstadt, Alemania, donde crea a su criatura. La criatura despierta tras arduos esfuerzos por parte de Victor (por desgracia, no nos muestran casi nada de dichos esfuerzos), y Victor, horrorizado por lo que ha hecho, se marcha tambaleante y deambula sin rumbo por la ciudad. Y tras horas vagando y retorciéndose las manos, ¿quién es la primerísima persona con la que se encuentra? Nada menos que su mejor amigo, Henry Clerval, que literalmente en ese preciso momento está bajando de la diligencia procedente de Suiza.

Otra. Cuando la criatura llega a Ginebra con la intención de dar con su creador en su ciudad natal, ¿quién es la primerísima persona con la que se cruza? Nada menos que el hermano pequeño de Victor, William, que al poco se convertirá en la primera víctima del furor asesino del monstruo.

Otra. Cuando el propio Victor llega más tarde a Ginebra, ¿quién es el primer ser con que topa? La criatura, por supuesto.

En el capítulo veintiuno, Victor, al que acusan injustamente del asesinato de Henry, declara:

> *No pude evitar sentirme perplejo por las extrañas coincidencias de esa noche de trágicos sucesos.*

Y de un modo similar, yo no pude evitar lanzar el libro de una punta a otra de la habitación.

Esas coincidencias son una ofensa a la creatividad. Y hay más desperdigadas por todo el libro, muchas más. No habría costado nada disponer los hechos de manera que estas cosas siguieran el orden necesario de los acontecimientos.

Tal vez a esta clase de escritores les den igual las coincidencias. Tal vez piensen que al lector le darán igual. En ambos casos es imperdonable.

Las coincidencias son una cosa de tantas. El libro comete otros crímenes terribles. Hay por todo él borboteos de esnobismo. E incluso de su primo, aún más siniestro: el racismo.

Así pues:

Prueba B: *Claro mejor que oscuro.*

Todo el mundo recuerda como el joven Victor recibe un «pequeño regalo» de su amantísima madre. El regalo es, en realidad, un ser humano: Elizabeth, que se convierte en su hermana adoptiva, su «más que una hermana», y más adelante, solo por una noche, su esposa.

No nos detengamos a considerar la forma en que Elizabeth es convertida en un objeto antes incluso de hacer aparición en la página propiamente.

Pasemos por alto la naturaleza pseudoincestuosa de la relación entre Victor y ella.

Recordemos, en su lugar, de dónde salía Elizabeth: los padres de Victor, de viaje por los lagos del norte de Italia, descubren las penurias que soportan los pobres de la región. Un día, Victor, de cinco años, y su madre visitan una cabaña en la que encuentran, dice Victor:

> *curtidos por el trabajo y la intemperie, a un campesino y a su esposa que daban de comer pobremente a cinco chiquillos a todas luces hambrientos. De entre ellos, uno atrajo enseguida por encima del resto la atención de mi madre: era una niña que parecía de otra pasta. Los otros cuatro eran niños de ojos oscuros, recios vagabundillos; la pequeña era rubia y esbelta.*

Cuando averiguan que la niña es de buena familia, una familia noble que pasa por apuros económicos, la madre de Victor rescata a ese ángel *celestial* de cabellos dorados de entre los *recios vagabundillos* y se la lleva a vivir con ella como si fuese su propia hija. Y que les den a los campesinos de ojos oscuros y al hambre de los otros cuatro niños.

«Una buena familia.» Una buena familia. La expresión, versiones de ella, y nociones relacionadas con ella, aparecen una vez tras otra.

Pero ¿es Victor el que habla? ¿Es la voz de su personaje? ¿O es Mary, la autora, la que habla?

Mary creó a Victor, claro está, pero eso no significa que el personaje sea la autora que lo escribió. Por supuesto que no. Es algo más complejo. (Aunque la gente comete con frecuencia esta equivocación cuando le grita insultos al actor que interpreta siempre a villanos...)

De modo que, ¿quién es el esnob? ¿Es Victor? Mary pone las palabras en su boca (y en la de su familia), quizás porque trata de decirnos algo importante sobre él: que es distante, esnob, arrogante y demás. Pero otro personaje nos dice expresamente lo contrario.

El libro, de hecho, no comprende una sola historia, sino cuatro: es una historia dentro de una historia dentro de una historia dentro de una historia. La estructura también me disgusta: tres habría estado bien, cuatro se hace excesivo.

Así pues, Prueba C: *Estructuras torpes.*

Para ser precisos, el libro consiste en una serie de relatos anidados, una novela muñeca rusa.

Arranca con:

1. *el explorador polar, Walton, quien, mientras se aventura hacia las regiones polares del norte, se cruza por azar con Victor, el cual*
2. *relata la historia de cómo creó y más tarde rechazó a su criatura, la cual aparece en el propio relato de Victor para transmitir*
3. *su relato de cómo fue creado, de cómo lo rechazaron y de cómo aprendió a hablar y a leer escuchando a través de la pared*

de la cabaña de una familia asolada por la pobreza, y es por tanto convenientemente capaz de contar

4. *¡la historia más interna de la novela!, que es el relato absolutamente soporífero y temáticamente irrelevante (a no ser que el tema de la novela sea en efecto el esnobismo) de un ridículo lío amoroso que lleva a la mencionada familia noble a vivir en la mencionada cabaña destartalada de las montañas, no lejos de Ingolstadt.*

(Esta última historia no es ajena a la intolerancia y a un odio insulso: nos presentan a El Turco, personaje que parece contradecir por fin la tendencia de que los morenos son malvados mientras que los rubios son buenos, hasta que se destapa como un villano manipulador y taimado. El hecho de que se refieran a él como El Turco, y que no se le otorgue ningún nombre, debería bas-

tar para advertirnos. Seguiremos hablando sobre lo de no ponerles nombres a las cosas...)

Volviendo al libro: en las cartas, con las que empieza y acaba, descubrimos en la voz de Walter, el explorador polar, que no hubo jamás hombre más inspirador que Victor, que es sabio y bondadoso y elocuente y apasionado y trágico (por supuesto), pero por encima de todo, *noble*.

De modo que este es también el veredicto de Mary sobre Victor. Sería rizar mucho el rizo creer que se supone que debemos pensar que Walton tiene una visión engañada de su nuevo amigo. Que se supone que debemos leer cínicamente entre líneas y deducir que son todos igual de malos. Hay demasiadas muestras de torpeza en el libro, y nada lo bastante refinado como para indicar que Mary tuviese nada más sutil en mente.

Y sin embargo, esa es la clave: sí son todos igual de malos, porque el propio esnobismo de Mary recorre la novela: es una hebra de su ADN, su código genético. (Si tienes dudas, lee sus diarios de viaje.)

Pero.

Tengo que dejarlo. Se hace tarde. Más tarde de lo que pensaba. Veo que estamos en lo más profundo de la noche y que debería estar durmiendo, y no aquí quejándome de este libro. Y además siento otra cosa que sale de mí, algo que me fastidia mucho mencionar. Aunque lo haré. Lo haré. Debo hacerlo si quiero ser sincero con todo este asunto. Es esto: hay cosas que respeto del libro. Unas cuantas, de hecho, y llegaré a todas ellas, pero por el momento, tengamos en cuenta: lo escribió una chica de diecinueve años, en una época en que las mujeres no eran precisamente bienvenidas como escritoras, por decirlo de un modo en extremo eufemístico. Es algo digno de mención. Y eso lo valoro. Además, ha alcanzado una fama duradera. También es algo verdaderamente digno de mención que un libro lo consiga. Yo he dicho siempre que no importa lo malo que sea un libro:

si triunfa es que cumple alguna función, cuenta con sus puntos fuertes, debe de tener *algo* bueno, o si no habría quedado enterrado en el olvido. Se habría extinguido por medio del proceso de selección natural al que están sometidas las historias, en la misma exacta medida que las especies animales.

Así que ahora, oigo algo: eso que seguramente sospechas que es la oscuridad que hay en mí.

Envidia. ¿Cómo puede un libro tan malo haber tenido semejante éxito? Bueno, no es nada nuevo. Sin embargo, ¿qué es lo que pienso? ¿Puedo alejarme realmente de mis sentimientos al respecto como escritor? ¿Desligarme? ¿O acaso soy tan esnob como Mary, y me impulsa la envidia de su poder? No sé la respuesta... y luego, hay otra cuestión, más oscura aún. Y ahí es donde marco el límite.

No es momento de pensar en esas cosas. Dormiré. Y mañana, escribiré sobre lo que más amo de *Frankenstein*, la novela.

Cómo llegó a existir.

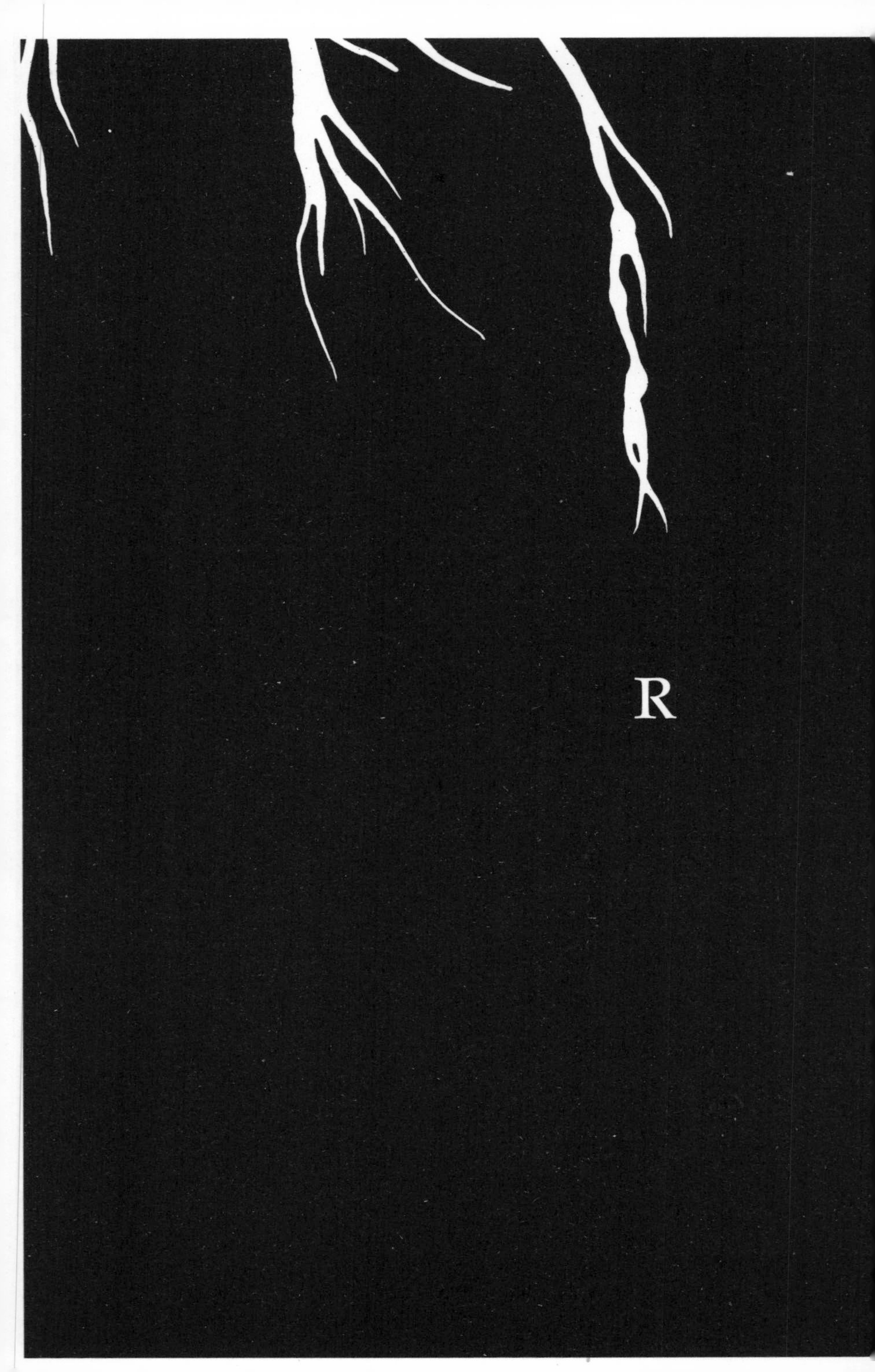
R

Vienes a verme en mal momento. Pues la noche tiene otras ideas.

Es tan claro, tan cierto, tan *evidente* que la noche nos trata de un modo distinto al día, que apenas lo decimos. ¿Puede haber algo más estúpido que señalarlo? Aunque, por otra parte, esta que habla es una voz diurna; es fácil ser lúcido y racional cuando brilla el sol.

Prueba a pensar lo mismo cuando está oscuro y fíjate en lo distinto que resulta.

Prueba a decir:

No hay nada debajo de la cama,

no hay nada debajo de la cama,

estoy seguro de que no hay nada debajo de la cama,

de día.

No tiene nada de inquietante.

Pero dilo otra vez cuando el sol esté en la otra cara del mundo, mientras tu vela se consume y languidece, mientras las persianas oscilan levemente con el viento; y entonces recuerda que apenas sopla ningún viento aquí arriba. Escucha el silencio que se ha aposentado. Prueba. Escúchalo. Imagina que estás en una casa oscura, en lo alto de una montaña oscura, en el centro oscuro de un triángulo montañoso, grabado en el suelo, no con piedras, ni con pintura, ni con nada físico, sino con las emociones de los muertos.

Está oscuro, está oscuro; no ves nada, y esa oscuridad de tus ojos está envuelta en silencio. ¿Eso es un ruido, o no? El generador se paró de nuevo. ¿Lo volví a arrancar, o no? A veces lo oigo vibrar en el sótano, que está muy muy por debajo de donde estoy yo, pero conectado a los viejos huesos de la casa —al esqueleto de enormes vigas de madera sobre el que la casa entera descansa su peso—, por lo que el sonido se transmite a una larga distancia.

Brum, brum.

No. No es ninguna vibración. Lo dejé en reposo. ¿No? Ahora estoy en mitad de la oscuridad y cuesta recordar, cuesta estar seguro de nada. Y, aun así, oigo un ruido, lo oigo.

Parece…

… una respiración. Muy cerca. A mi lado. Rodeándome. En alguna parte, el sonido de una respiración.

Dejé el generador encendido. Es eso. Es el resoplido y el suspiro del motor mientras se ocupa de la tarea inconsciente de producir electricidad a partir de los restos minerales, inertes varios millones de años ha, de criaturas microscópicas que reptaron en su día por el suelo oceánico. Un suelo oceánico que descuella ahora a mil quinientos metros en el aire y que, cubierto de abetos interminables, me rodea.

Y entonces lo recuerdo. Esta vez no arranqué el generador. No lo hice, y ahora sé por qué lo sé. No quería volver a cortarme la mano a oscuras, y al tiempo que lo pienso, el corte me da un calambrazo aislado.

Oigo la respiración. Todavía.

Lenta, profunda, justo a mi lado de algún modo.

¡Y entonces entiendo lo que es! ¡Soy yo! Así que contengo la respiración.

Pero la respiración continúa.

La escucho, los ojos muy abiertos, sin ver absolutamente nada, centrado solo en la respiración, la respiración, la respiración, hasta que al final, de una sacudida, me levanto, me doy un cabezazo contra la viga, busco a tientas la linterna eléctrica, la enciendo y la hago oscilar de aquí para allá en la oscuridad.

Nada.

Y la respiración ha parado.

No vuelvo a dormir. Esa noche no. Y me pregunto: ¿los monstruos se quedan siempre en el libro en el que nacieron? ¿Se contentan con vivir sus vidas en el papel, sin poner nunca un pie en el mundo real? Pasa un buen rato hasta que el sol empieza a trepar la montaña de enfrente y se deja ver, y para entonces llevo horas aferrándome al alba gris, derrotado y ojeroso, derrotado y ojeroso.

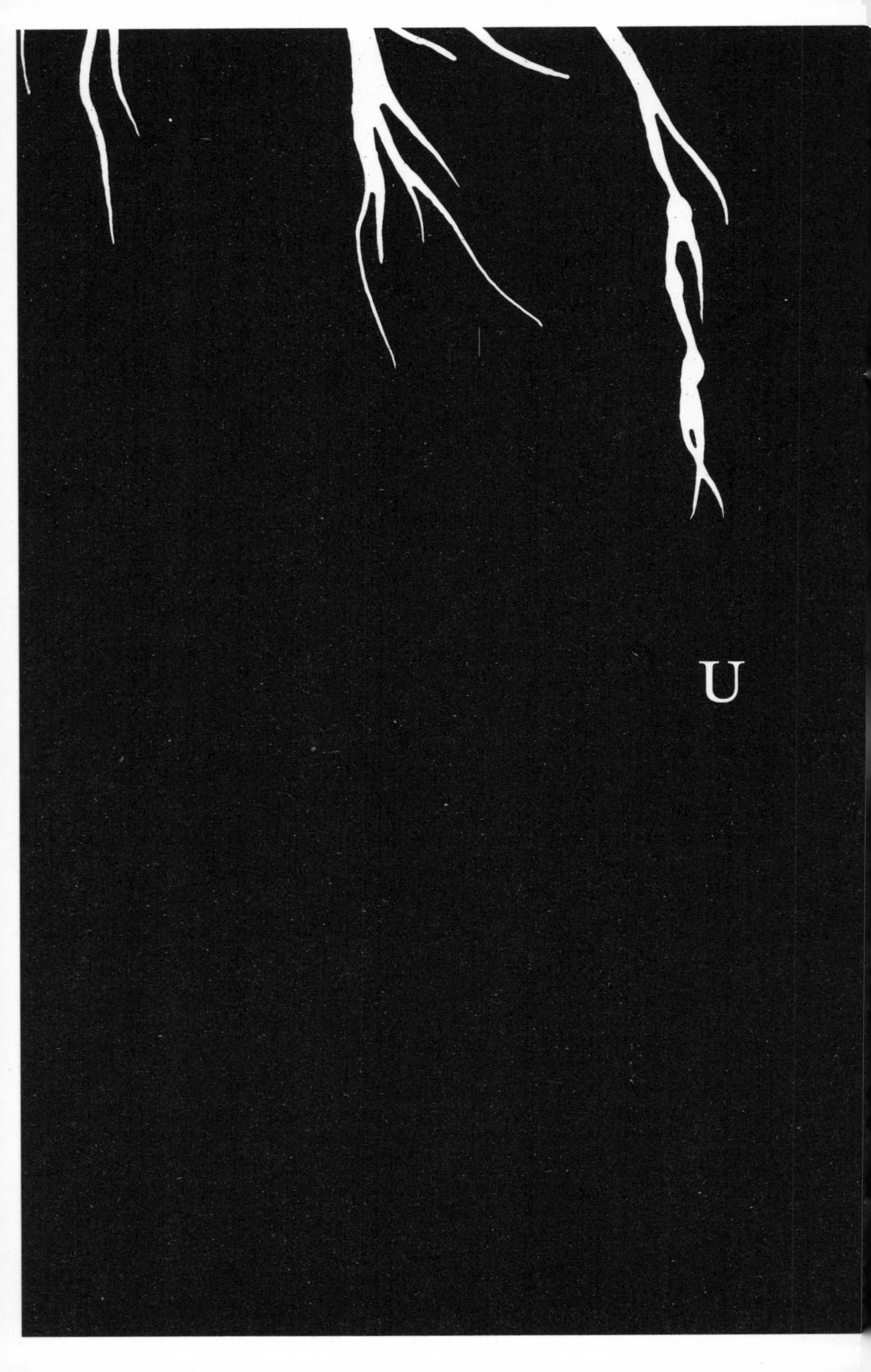
U

En la otra punta del mundo, muere gente.

Estamos en 1815. Diez de abril. La isla de Sumbawa.

Durante siglos, el monstruo ha yacido dormido, a kilómetros bajo tierra. Ahora, ha llegado el momento del monte Tambora. Desde hace varios días, se han ido oyendo detonaciones de advertencia por todas las Indias Orientales Holandesas, hasta la misma Java, a 1300 kilómetros de distancia. El monstruo se está despertando.

Hoy, alrededor de las siete de la tarde del décimo día de abril de 1815, llega la auténtica erupción. Tres columnas de fuego se alzan desde el pico del volcán y convergen en una sola. La montaña entera se transforma en una masa de roca fundida. Piedras del tamaño de la cabeza de un hombre salen disparadas hacia el cielo, y caen como una lluvia torrencial en el paisaje circundante.

La gente huye aterrada, pero no hay adónde ir. El flujo piroclástico de lava supercalentada resbala montaña abajo y borra el pueblo de Tambora de la faz de la tierra. Un tsunami se propaga a través de los mares, olas gigantescas que asolan comunidades muy muy lejanas.

La montaña salta en pedazos. Antes de la erupción, medía 4300 metros de altura. Cuando termina, mide 2851 metros, y ha vomitado al cielo once billones de toneladas de ceniza y rocas, así como gases sulfurosos que provocan la muerte por infección pulmonar. Las cenizas se asientan en una gruesa capa sobre el suelo, de hasta 90 centímetros de hondo y 80 kilómetros de extensión, que destruye las cosechas, mata las reses, trae hambrunas y enfermedad. Mueren más de 70000 personas.

Una oscuridad impenetrable reina durante dos días, la nube de ceniza envuelve las proximidades de la isla. Las semanas pasan, la ceniza se esparce por el mundo entero, llevada por los vientos que cruzan el globo. Llega 1816, las temperaturas de todo el planeta se ven afectadas: en China, las Américas y al otro lado del mundo, en Europa, caen muy por debajo de la media. La nube de ceniza bloquea la luz del sol.

Por todas partes, los fenómenos climatológicos hacen estragos; monzones, cosechas malogradas y miedo. En el norte del estado de Nueva York, las tierras están, según una descripción, «yermas como el invierno». Estamos en mayo de 1816. Cuando llega el 9 de junio, la tierra está congelada.

En Europa la hambruna es inevitable, las cosechas de patatas, trigo y avena se malogran en todas partes. Los precios suben vertiginosamente; las revueltas, los saqueos y los incendios son el pan de cada día. Se cree que 200 000 personas mueren a consecuencia del hambre, y el lugar donde la violencia resultante llega a extremos más graves es Suiza, donde se declara una emergencia nacional. La gente comienza a hablar del fin del mundo. En un pueblo de Bélgica, una mujer cree al oír las cornetas de los soldados que son las trompetas del apocalipsis, anunciando el fin del mundo, y se lanza desde el tejado.

-3-E-

La erupción del monte Tambora sigue siendo la erupción volcánica más importante en la historia documentada, y eclipsa a las del Vesubio, el Santorini e incluso el Krakatoa.

Y es también el motivo por el que una adolescente llamada Mary se sienta a escribir uno de los relatos de terror más influyentes de todos los tiempos: *Frankenstein*.

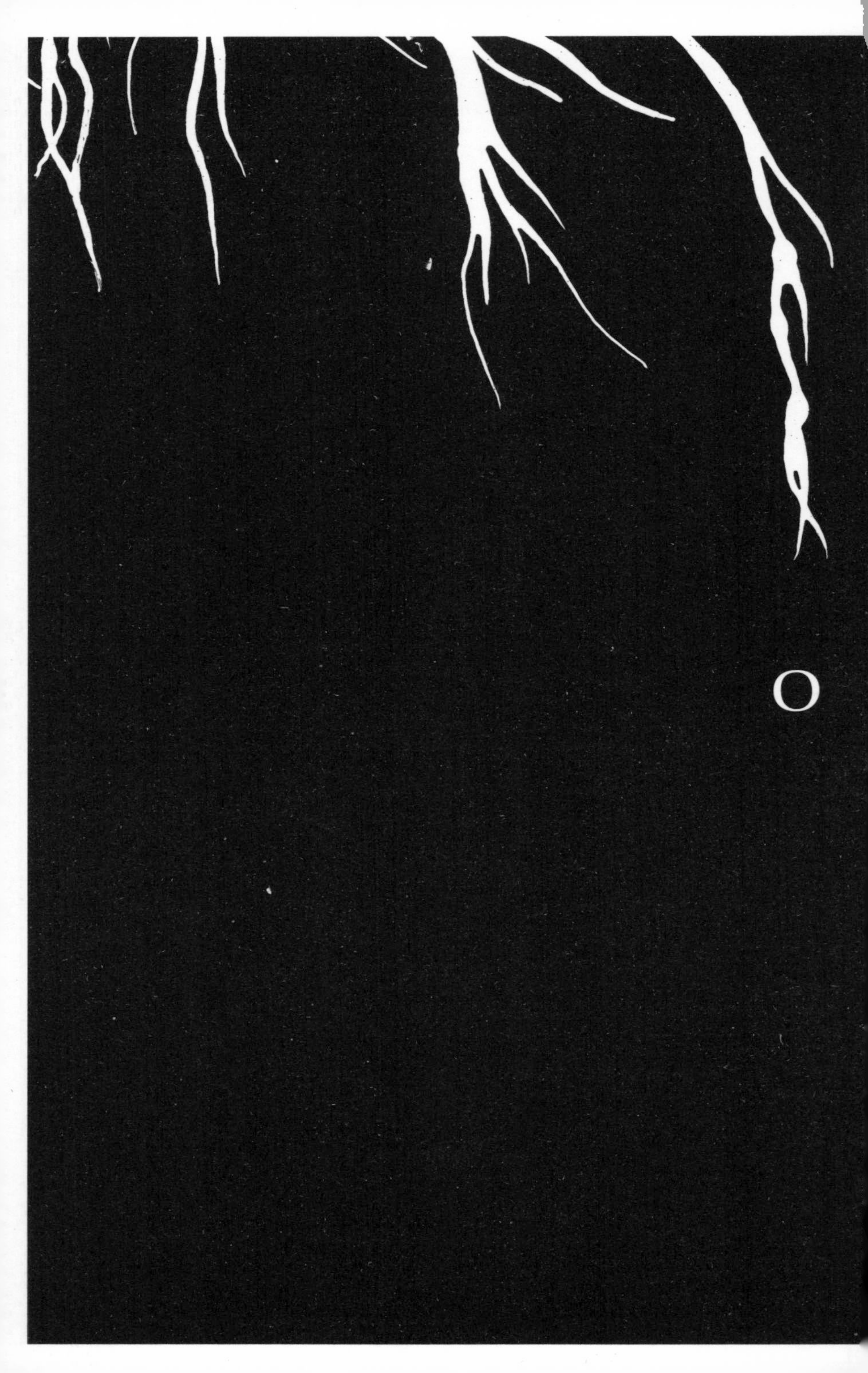
O

1816: el año sin verano.

Cerca de la ciudad de Ginebra, tres jóvenes fugitivos británicos alquilan la Maison Chapuis, una casa ubicada en los terrenos de la Villa Diodati, que tiene alquilada a su vez un hombre de lo más célebre: lord Byron, gran poeta y puede que aún más gran villano. Famoso por sus excesos y por su violento temperamento. Un loco, un canalla y un peligro para quien lo conociera, eso se decía al principio de Byron. Era famoso sobre todo por sus incontables líos amorosos y sus relaciones inmorales, con hombres y mujeres, incluso con muchachos a los que doblaba la edad. El escándalo que terminó por convencerlo de retirarse un tiempo a Suiza fueron los rumores de incesto: una relación con su medio hermana, Augusta.

Los fugitivos eran el poeta aún más joven Percy Shelley; su amante, Mary Wollstonecraft Godwin, de tan solo dieciocho años, y la hermanastra de Mary, Claire Clairmont, unos meses menor que ella. Claire ha venido a lanzarse a los brazos de lord Byron como una mujer al suicidio; para reavivar un flirteo del que Byron ya se ha cansado. Y Mary y Percy han venido escapando de sus problemas en casa, de las deudas y el deshonor, después de huir por primera vez al continente (también con Claire) dos años antes, cuando las chicas tenían apenas dieciséis años. El escándalo los persigue todavía: Percy continúa casado con su primera esposa, Harriet, a la que abandonó, junto con su hijo, para proseguir su aventura con Mary.

Completando el quinteto está el doctor de Byron y algo así como su amigo, John Polidori: un charlatán, en propias palabras de Byron, pero también un aceptable compañero de borracheras; un oído para sus aflicciones, un bálsamo para su ego.

El grupo pretendía pasear por las montañas que bordeaban la ciudad y navegar por el lago, pero gracias a un volcán en la otra punta del mundo, el tiempo les defrauda. Hace frío. Llueve sin cesar. Están atrapados en casa, día tras día, en un inacabable y penumbroso libertinaje de vino, opio y... otras cosas.

Hablan, horas y horas, andan de aquí para allá meditabundos, sueltan ideas descabelladas y debaten sobre los límites de la humanidad. Leen. Leen historias de fantasmas; historias alemanas traducidas al francés.

Al final, una noche, lord Byron decide que deberían escribir cada uno una historia de fantasmas de su propia invención. Al principio todos se suman, pero Percy Shelley y el propio Byron se cansan pronto del juego: son poetas, la prosa no va con ellos. Claire no es escritora; no hace el intento. Polidori tampoco, pero prueba: el resultado será un fragmento de historia que tiempo después ampliará bajo el título de *El vampiro,* la primera obra extensa en prosa sobre la terrorífica criatura no-muerta. Y lo hizo inspirándose en su jefe, lord Byron.

Y luego está Mary, que no escribe, para empezar, y que es incapaz de dar con una idea durante días y días, hasta que al fin, en una «especie de trance» ve la escena de un «pálido estudiante de artes impías junto a la cosa que ha creado».

Así, nace un monstruo.

Es una historia maravillosa. No la novela, sino cómo llegó a existir. Aunque hay más, claro. Cosas extrañas, cosas tras la escritura del libro que me dan más miedo que cualquiera de las palabras que Mary en efecto escribió.

Luego. Hay tiempo para eso luego. Ahora tengo que parar. La mano me da punzadas, bastante fuertes; parece que escribir lo empeora. Menudo momento para cortármela, cuando necesito trabajar y no sé todavía cómo, en realidad. Por algún motivo la cabeza me da punzadas también, una migraña que lleva días yendo y viniendo.

Hace ya rato que está oscuro. La cabaña pide acomodarse ya para la noche, y yo me estoy quedando sin leña para la salamandra y la estufa; mañana tendré que dedicar algunas horas y traer más aquí dentro.

El frío coloniza las paredes de madera de la casa; la noche asciende. El silencio se despliega cuando suelto el bolígrafo, he terminado de escribir. Una vez enmudece la rasgadura de la punta, se me ocurre que ahora debería poder oírse esa respiración. Esa respiración. ¿Debería? ¿Qué quiero decir con «debería»?

Escucho, me tenso, me disuado del miedo y de los delirios de la imaginación, pero no hay nada, estoy cansado, me digo, y tras dejar mi manoseado ejemplar de *Frankenstein* encima del escritorio, subo hacia la cama.

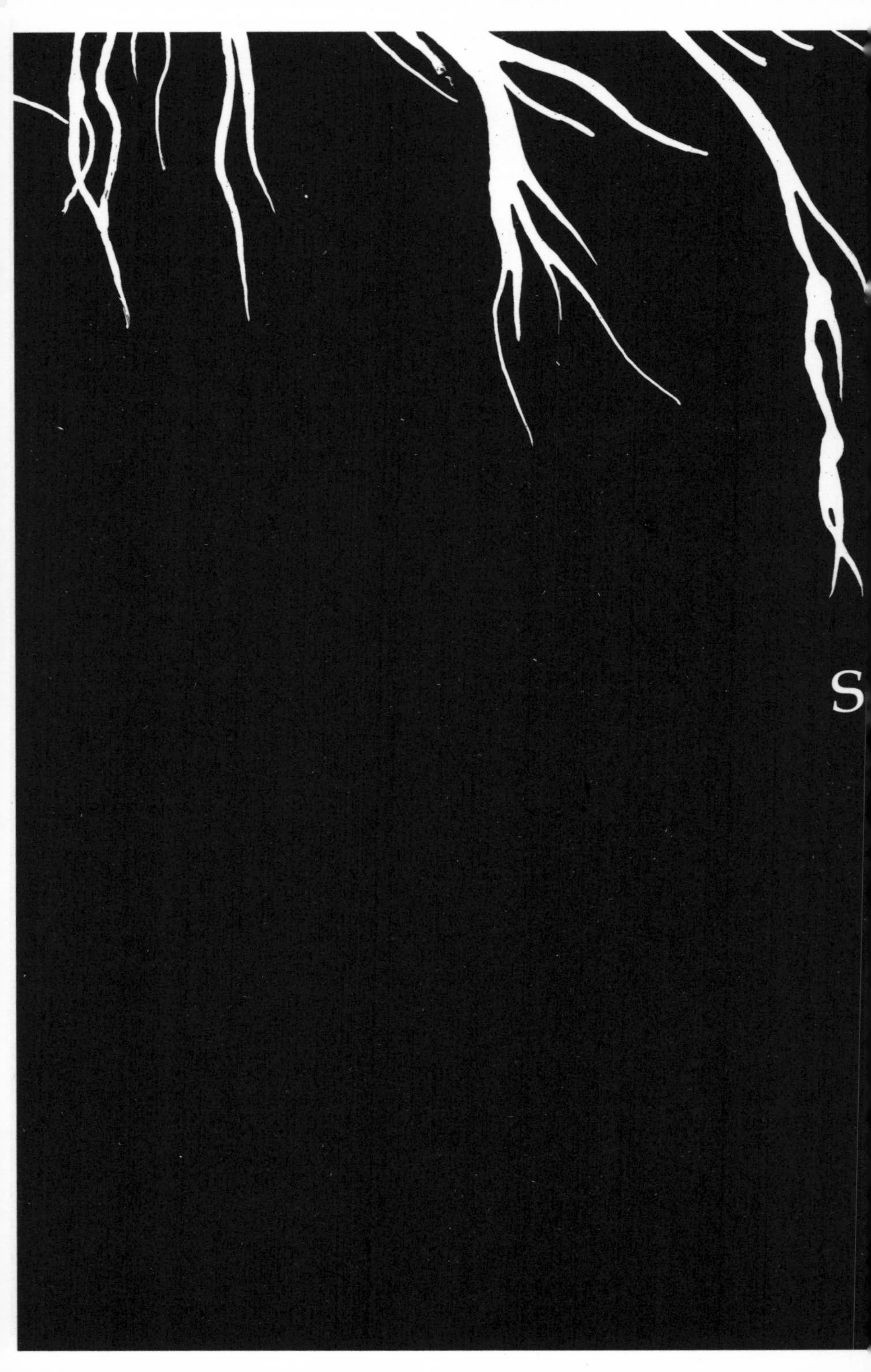

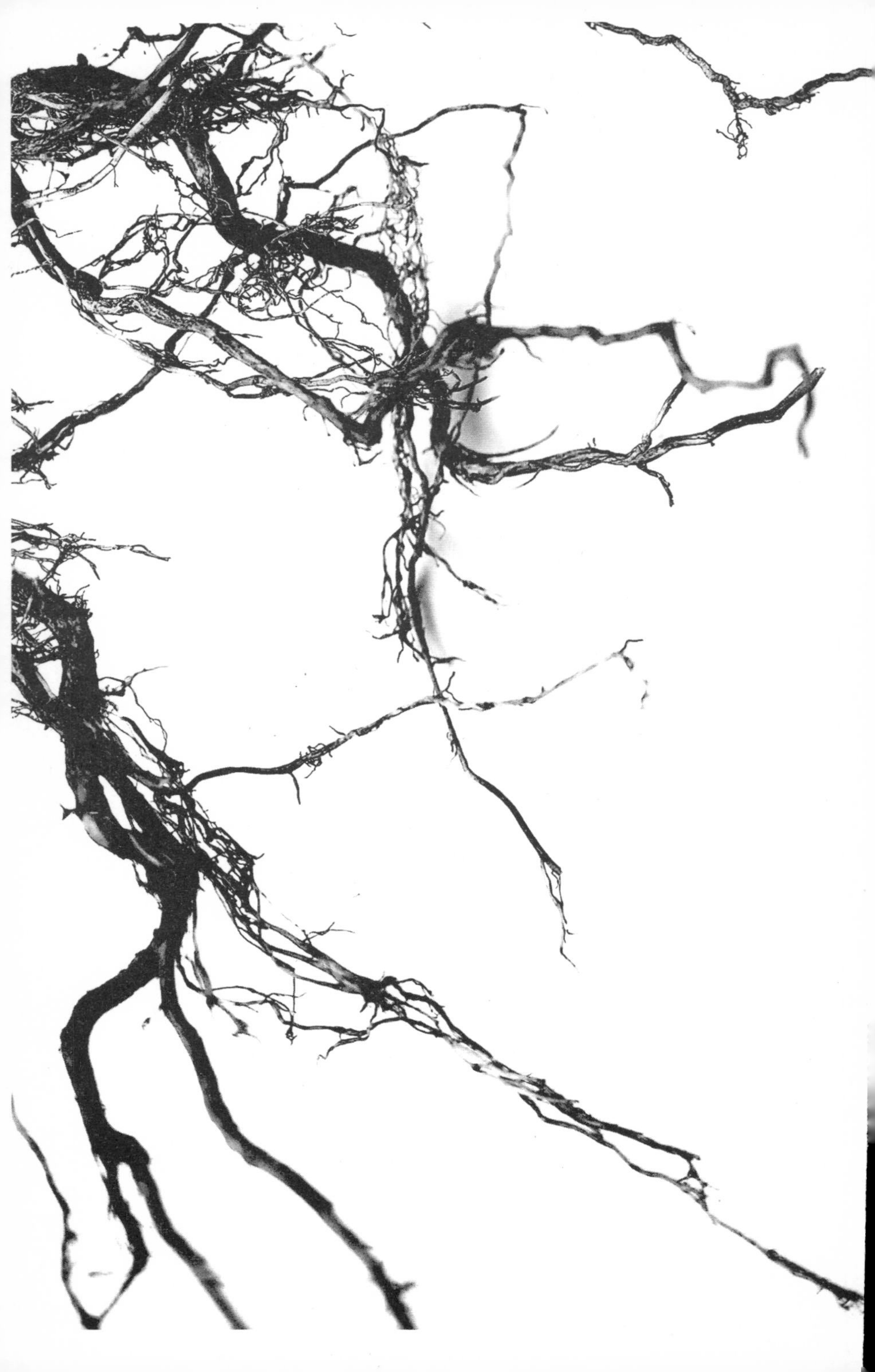

El horror.

Así es como me he ido ganando la vida desde hace casi treinta años. Y cada vez se hace más difícil: antes las historias brotaban de mi mente como el agua de una fuente; sin fin, pura, fresca, libre.

Ahora, hacer un libro es como arrancar una raíz de la tierra. No quiere salir. Una parte, lo sé, es que he terminado detestando lo que hago: asusto a la gente, y si consigo perturbarla lo suficiente, gano dinero. A eso se reduce todo, y es asqueroso. El mundo ya está lo bastante lleno de horror, ¿no es así? Ya sé que tuvimos esta conversación hace seis meses. Y te dije que no escribiría nada más sobre la oscuridad; que no escribiría nada más a no ser que hablara de belleza y de luz. Y, sin embargo, aquí estoy, venga a arrancar raíces del suelo, venga a arrancar raíces. El mundo ya está lo bastante lleno de horror, y yo me enfrento cara a cara a los hechos. Al hecho de que a la gente no parecen interesarle las descripciones mundanas de la belleza, o siquiera las descripciones bellas de lo mundano. Que les da igual de qué manera algo como una historia termina llegando a sus manos. Solo les importa que la historia los *atrape*. Los aterre. Y eso, el hecho de que a la gente, al parecer, le guste que la inquieten, la perturben, la acongojen con historias de terror imaginarias me hace sentir… ¿Qué?

La única palabra que me viene a la mente es esta: vacío.

Me siento vacío. Me siento acabado.

Me levanté esta mañana, recogí el libro —el libro, el maldito libro— del suelo, donde lo había dejado anoche —sí, en el suelo— y lo devolví obedientemente al escritorio.

Miro fijamente lo que llevo escrito hasta el momento; fijamente, sin pestañear, da la impresión; miro mi escritura a los ojos, le sostengo la mirada. Pero al final soy yo quien pestañea primero. Me levanto, tan rápido que hago que la silla vuelque y sobre el respaldo detrás de mí, y salgo corriendo.

Pasan dos días. No avanzo nada. No tomo notas, no lo intento siquiera.

Oh.

Ayer bajé por el sendero hasta el coche, fui al pueblo, una hora y media de curvas tortuosas. No me pasa desapercibido el cambio que se opera sobre mí cuando abandono la montaña, pero ayer pareció más pronunciado que de costumbre. Hay algo distinto en la montaña. O a lo mejor soy yo el que es distinto. ¿Cómo determina uno estas cosas?

El pueblo estaba normal, tan normal que me olvidé de lo que estoy haciendo y de por qué estoy aquí. La mano me daba punzadas, pero me noté la cabeza mejor. Más despejada. Compré comida. Me tomé una taza de café en Le Central, saludando con la cabeza a los lugareños que beben pastís a las once de la mañana, gente cuyas caras he visto en este o aquel bar y que he terminado conociendo, y apreciando.

Al otro lado de la calle, vi a Étienne. Él no me vio. Yo estaba sentado como una piedra, no sabía cómo moverme, no sabía cómo irme; decidí que lo único que tenía que hacer era mirar mi taza de café. Y luego me la terminé, y tuve que moverme. La casa me esperaba, y no podía ignorar su llamada por más tiempo, ni la fuerza con la que tiraba de mí ese libro que descansaba en el escritorio.

Vuelvo en el coche a la montaña, reparando en detalles que no había visto hasta ahora: una cabaña o dos escondidas en el bosque, junto a las curvas tortuosas; un sendero entre los árboles que desaparece enseguida de la vista bajo un lecho de hojas de haya marrón dorado.

Mientras cierro el coche y recojo las compras, me doy cuenta de algo. Me doy cuenta de que por fin sé qué es lo que me inquietaba de la casa, del lateral de la casa. Mi mente debe de haber decidido despertar y ponerse alerta, porque de pronto tengo la sensación de que he estado soñando. Mucho, mucho tiempo. Puede que incluso años (y sé desde qué momento, si es que es así…).

La casa.

Se entra al salón por la parte trasera, la más elevada. La entrada del sótano está en el lado contrario, cara al valle, mirando al fondo de la casa. Cada vez que hago el trayecto al sótano para arrancar el generador, algo me inquieta, y ahora sé lo que es. El camino es demasiado largo. Demasiado *empinado*.

Tan pronto llego al final del sendero que lleva a la casa, suelto las bolsas al lado de la puerta sin entrar siquiera. Comienzo a rodear la casa bajando por el lateral una vez más, camino del sótano, calibrando las alturas y las distancias, y entonces, cuando llego a la pared que da al valle, las veo. Ventanas. Dos, con las contraventanas cerradas. Encima de ellas, veo otras dos con las que sí estoy familiarizado: son las que hay junto a mi escritorio y la cocina. Hay en la casa toda una planta que ni siquiera sabía que existiera.

Se me eriza la piel. Eso que hasta ahora había considerado siempre una metáfora es al parecer una sensación real, un sentimiento tan poderoso que me quedo mirando la piel desnuda del brazo y veo como el pelo se pone de punta.

Clavo los ojos en las ventanas cerradas, en las contraventanas; miro sin ver, preguntándome un sinfín de cosas a la vez: como por qué Étienne no me mencionó esta planta, por qué no me la enseñó, por qué no reparé en esas ventanas de más desde fuera y, por encima de todo, qué es lo que se esconde ahí.

Respiro para alejar de mí esa insidiosa sensación, voy adentro; tiene que haber alguna manera de acceder a esa planta y, sencillamente, no la he visto antes; no hay escaleras que lleven a ninguna parte más allá de la escalerilla de mi cama. Me coloco en el centro de la sala, girando, escudriñando, desentrañando, y entonces lo veo. El vestidor, el vestidor de la esquina. No es ningún vestidor. Es la entrada de una escalera. Lo sé porque la puerta está abierta y distingo una baranda que conduce, más abajo, a un pozo de oscuridad.

Eso no es todo.

Me acerco al escritorio, donde dejé la linterna.

El cuaderno está desplegado. Abierto por dos páginas en blanco en las que reposa una línea escrita.

No es mi letra.

Es florida, hermosa, antigua, antigua, antigua.

Dice:

Sé tu secreto.

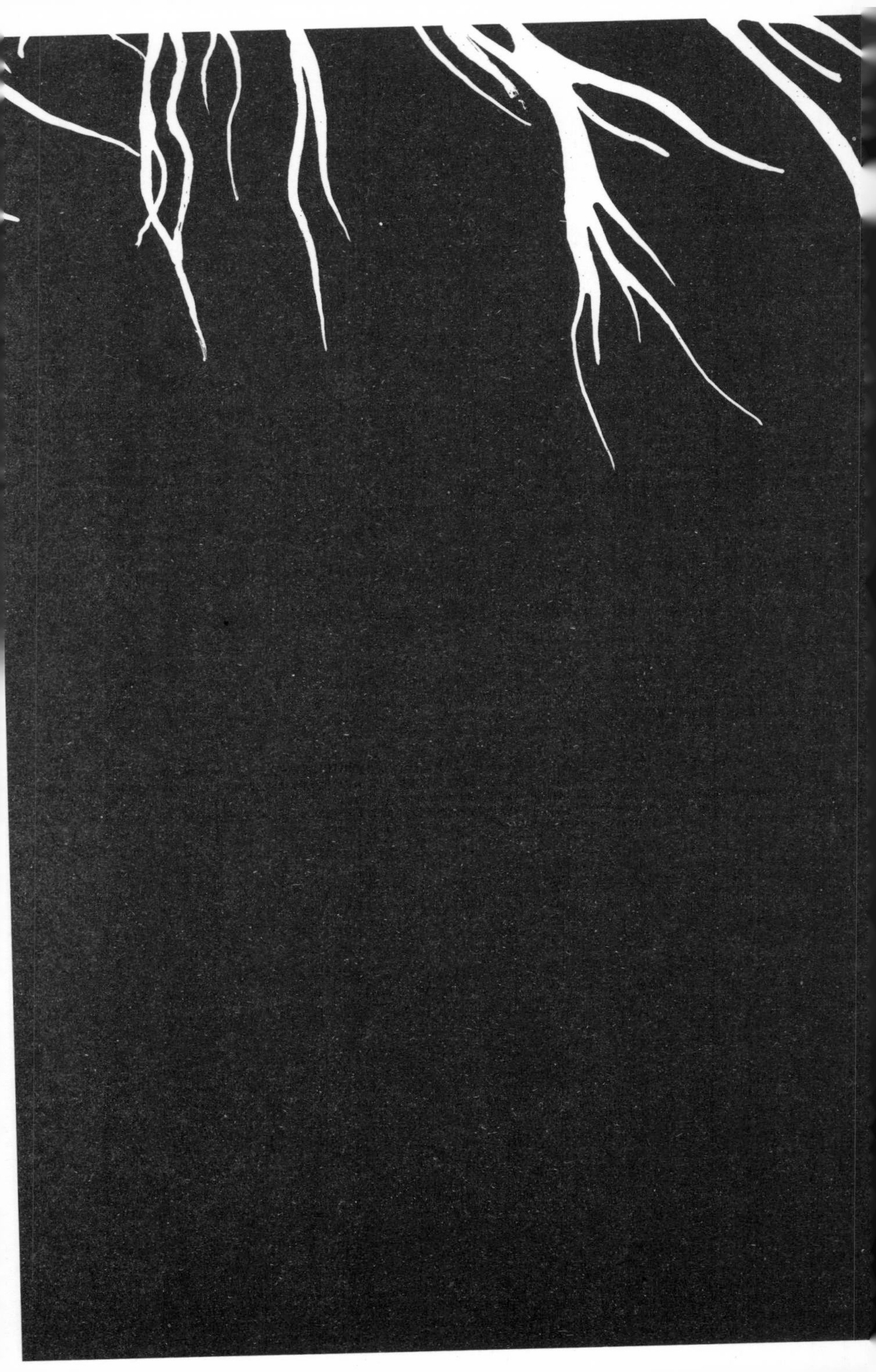

Q

Me quedé mirando…

No, me quedo mirando a…

No.

Me quedé. Me quedo.

Me quedé, me quedo.

(¿Por qué soy incapaz de decidir entre una y otra? ¿Por qué me cuesta saber en qué momento estoy?

Me quedo. Eso es.

Me quedo mirando el cuaderno, se me eriza la piel. Es decir, se me eriza la piel *otra vez*.

Hay dos posibilidades.

Ha entrado alguien en la casa y ha escrito esto. Es posible; no cierro con llave cuando salgo; Étienne dijo que no había necesidad. Así que puede que haya entrado alguien mientras yo estaba en el pueblo y haya escrito esto en mi cuaderno.

Me quedo ahí, mirando. Me doy cuenta de que quienquiera que haya sido lo ha escrito en inglés. No hay muchos lugareños que chapurreen inglés. Pero los hay que sí, y no es tan complicada. La frase, quiero decir. Yo sería capaz de escribir lo mismo en francés: *Je connais ton secret*. Mi cuaderno está escrito en inglés, claro, así que cualquiera lo puede haber visto y haberme dejado ese mensaje. Y entonces pienso: tiene que haber sido Étienne, pero tan pronto se me ocurre, y tan pronto la idea empieza a turbarme ligeramente, sé que no ha sido él. He visto a Étienne en el pueblo, poco antes de irme. Y he vuelto directo aquí; me lo habría encontrado en algún punto de la carretera, o en el sendero, de bajada.

No. No ha sido Étienne. Bueno, ahí está la puerta, la puerta que había sido siempre infranqueable y sin embargo ahora está abierta.

Pero aun así me pregunto, quizás Étienne esté aquí en alguna parte; quizás no he visto su furgoneta por algún motivo y ahora está aquí, cogiendo algo de una planta de la casa, de la planta oculta. Seguramente solo la usa para almacenar cosas.

Cojo la linterna del escritorio y palpó el interruptor con la yema del dedo mientras camino hacia la escalera. Baja tres peldaños pegada a un lado antes de girar por la pared de la esquina y hundirse en la negrura. Si Étienne está ahí abajo, es muy silencioso.

¡A lo mejor ha tenido un accidente!

El pensamiento me despabila.

—¿Étienne? —lo llamo—. ¡Étienne! *T'es lá?*

¿Estás ahí, Étienne, estás ahí?, repito en mi cabeza, una y otra vez. ¿Estás ahí, Étienne, estás ahí? Por favor, que estés ahí.

Bajo cada peldaño con cuidado, despacio. La casa es antigua y la luz de la linterna muy débil, los escalones podrían estar podridos y no quiero romperme un tobillo, aquí solo en una casa olvidada de las montañas.

—¿Étienne?

Nada.

Llego al pie de la escalera, y a diferencia de la planta en la que he vivido este tiempo veo que estoy en un pasillo estrecho, con puertas que salen de él. El pasillo hace un giro unos cuantos pasos por delante, atisbo otra puerta. La luz de la linterna baila por el suelo, por las paredes: la madera es vieja y los años la han vuelto gris; un marrón oscuro cubierto por denso polvo gris, pienso, pero cuando paso el dedo por la pared no encuentro rastro alguno de polvo en la yema.

—*Étienne? Es-tu là? C'est moi!*

Nada.

Avanzo un paso. Apoyo la mano en el mango de una puerta, presiono hacia abajo deslizando el pasador; oigo como sube de golpe la manija del otro lado. Y luego otro ruido, ¿desde dentro?

No. No has oído nada, me digo. Nada. Vas a entrar y vas a comprobar que Étienne no esté ahí.

Abro la puerta; va dura, las bisagras crujen, y la hoja es tan endeble que tengo miedo de que se vaya a romper contra mi hombro, pero aguanta. Debe de ser una de las habitaciones de las ventanas, llega de fuera una luz tenue que se cuela por entre las rendijas. Hago un barrido con la linterna a mi alrededor, pero el cuarto está vacío. Vacío, y flota tal sensación del infinito arco de tiempo sin gente en él que me desequilibra, así que retrocedo y avanzo por el pasillo hasta la puerta siguiente, a mano derecha esta vez, el lado que se inserta en la colina. Me abro paso dentro, y el resultado es el mismo de antes; el cuarto está vacío.

Paseo el haz de la linterna alrededor para cerciorarme y entonces veo que sí hay algo, resulta: una mesa de aspecto anodino; redonda, con el tablero reposando sobre un pedestal central. Es vieja. Antigua.

Salgo del cuarto y sigo avanzando: otra puerta a mano derecha, el lado de la montaña. La abro también, la recorro con la linterna. Nada de nuevo.

El pasillo tuerce a la izquierda, y veo una puerta más a cada lado. Pruebo con las dos, una después de la otra. Ambas cuestan de abrir, ambos cuartos están vacíos.

Me acerco a la ventana de la última habitación; es la otra con las contraventanas cerradas. Brego con algunos cerrojos; el cristal es viejo y delgado y está empañado, y tengo miedo de romperlo, pero al final logro abrir la ventana, y luego también las contraventanas, sin estropear nada, ni hacerme daño, pese a que las punzadas de la mano no dejan de recordarme lo que es, y de pronto me encuentro contemplando el valle; la misma vista, más o menos, que desde la cocina, solo que un poco más abajo y más cerca de los árboles.

No es tarde, pero el sol se está ocultando ya detrás de la montaña, detrás de la casa; los árboles viran del verde al gris prácticamente ante mis ojos, ¿y dónde está Étienne?

Comprendo que Étienne no está aquí; que Étienne no ha estado aquí, y que no hay nada aquí abajo. Ni una sola cosa. Salvo esa mesa. Y ahora, en mi imagen mental recuerdo algo que he visto al mirarla: es una de esas mesas redondas con tablero de tambor, de las que tienen uno o dos cajones, cajones muy estrechos, disimulados en el tambor.

Vuelvo a ese cuarto, el segundo en el que he mirado, y ahí está la mesa. Sí, tiene un cajón. Dado que es lo único que hay, deduzco que está aquí por alguna razón, que la han dejado para mí, y aunque no tiene ningún sentido, abro el cajón. Dentro hay una llave, una llave de hierro, tan gruesa como mi dedo índice. Lleva una etiqueta atada con un cabo corto de cordel fino y mugriento. La cojo, la hago girar entre los dedos, y luego la enfoco directamente con la linterna. La etiqueta está hecha con una tarjeta blanca y delgada, con manchas de moho por el tiempo, y un agujero reforzado. Por un lado está en blanco, lo único que llama la atención es que la disposición de las manchas forma un triángulo perfecto. Pero hay algo escrito en la otra cara, con una letra antigua, antigua.

Cave.

Lo miro fijamente un instante, intentando comprender cómo puede tener alguien la llave de una cueva, cuando de pronto lo que realmente me inquieta emerge a la superficie y reclama a gritos mi atención.

La letra de la etiqueta, de esta antigua, a todas luces antigua, antigua etiqueta. Juro que es la misma letra que acaba de aparecer en mi cuaderno.

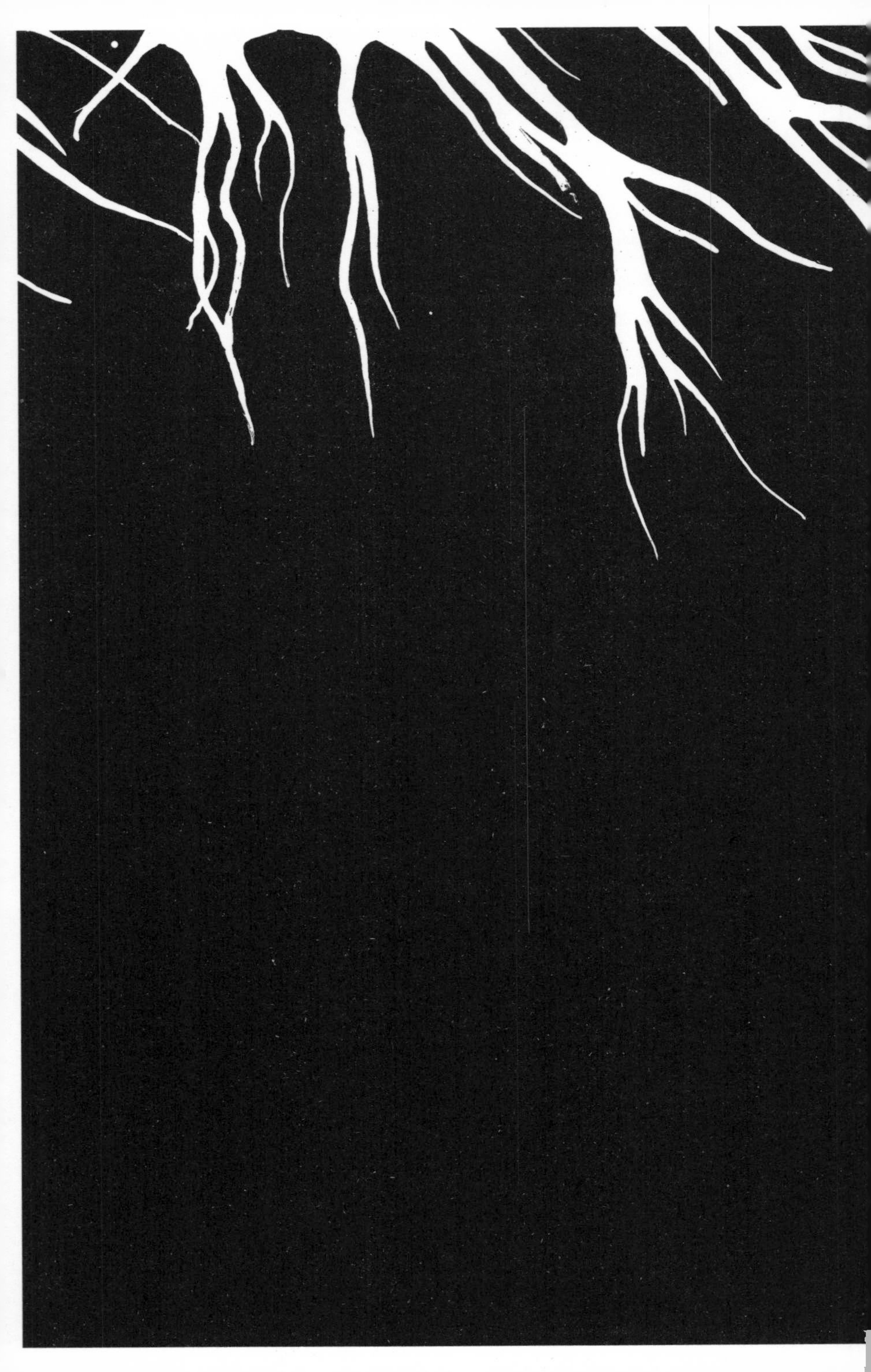

U

Metí la llave bruscamente en el cajón, lo cerré, con fuerza. Y mientras subía de nuevo por la estrecha escalera tuve la sensación, tuve la... Noté como algo me arañaba las piernas por detrás, lo noté como si estuviese pasando realmente, pero me obligué a no correr, a no entrar en pánico, y salí a la luz de la casa, y a mi mundo.

Cerré la puerta y me apoyé de espaldas contra ella, para asegurarme de que quedaba bien cerrada. Una brisa fresca parecía haberse colado en la casa, así que fui hasta la puerta de fuera y vi que todavía no había recogido la compra. Era pesada, y normal, y yo guardé las cosas en los armarios, armarios normales tras los que no había escaleras que llevasen a lugares prohibidos, a espacios prohibidos de la...

Intenté pensar en latas y paquetes y centrarme en cada uno de ellos... pero *prohibido* es una gran palabra, una palabra poderosa; es decir, justo la clase de palabra que me gusta emplear, una palabra con historia, historia y poder. Prohibido. *Prohibere.* Viene de *habere:* tener, dominar, guardar. Y ese «pro» del comienzo es un prefijo que significa «lejos»: denota una distancia, un impedimento. No está a nuestro alcance. No nos está permitido acceder. Tenemos prohibido entrar en los cuartos oscuros de la mente en los que...

¿Qué? ¿Quién ha dicho nada de mentes?

Pon la compra en su sitio; puse la compra en su sitio y la habitación se fue quedando a oscuras, así que probé a darle al interruptor que enciende la lucecita que hay junto al sillón, y no sé cómo decir lo feliz que me hizo cuando se encendió, el generador funcionaba y yo me desplomé en el sillón para pensar qué hacer.

Sigo pensando qué hacer. Pero ¿a qué me refiero con eso? No hay nada que hacer. He vuelto a casa, he guardado la compra, y he descubierto que la casa tiene una zona desconocida. No, eso no es así. No ha ocurrido en ese orden. Y me he dejado fuera un par de cosas, pero a lo mejor es solo que estoy cansado, el aire es tan raro, quiero decir ralo, aquí arriba... y pensaba que me había acostumbrado, pero tal vez no lo he conseguido del todo aún.

¿Eso que huele es gas? No. Y entonces me acerco al escritorio, porque a lo mejor me lo he imaginado todo, no, me he quedado dormido en el sillón y ahora me parece real pero no lo es, pero cuando llego al escritorio, ahí sigue mi cuaderno.

Sé tu secreto.

Me lo quedo mirando. Bueno pues, alguien ha entrado y está intentando jugar conmigo. Puede que alguien que conoce la casa. Un ladrón no, porque ahí en el suelo está mi portátil, junto al escritorio, donde lo dejé.

Hago avergonzarse a mis manos. Es decir, meto mis manos avergonzadas en los bolsillos del forro polar. Hay algo sólido en el bolsillo derecho, y antes de sacarlo ya sé lo que es. La llave que he encontrado en el cajón de la vieja mesa redonda, abajo en los cuartos oscuros, está en la palma de mi mano, y...

-3-ε-

La miro... La miré, quiero decir.

(¿Cuándo estoy? Es decir, ¿cuándo estoy yo? *Yo.*)

Mirando la llave, mirándola, y entonces recordé que me la había guardado en el bolsillo, abajo. Eso es.

Y me pregunté qué abriría esa llave, así que probé en unas cuantas puertas. No había muchas opciones. No era la llave de la puerta del vestidor, del vestidor que no es un vestidor, quiero decir, y luego la probé en la puerta principal de la casa, pero tengo una copia de la llave y es mucho más grande que esta. Y entonces recordé lo que *cave* significa en francés. No es una cueva para nada; es un falso amigo, ¿verdad? Un falso amigo, se pronuncia «caf» y significa sótano.

Fuera, tiritando ahora que el sol se ha puesto, camino del sótano, recordando que Étienne no me dio nunca la llave del sótano. La puerta va dura y es pesada, y dentro no hay nada que robar más que el generador, y suerte con ello, la bestia pesa una tonelada, evidentemente.

Pero tampoco era la llave del sótano; me di cuenta antes de probarla siquiera que los agujeros de las cerraduras eran de forma y tamaño distintos. Dentro del sótano, el generador murmuraba para sí, y yo sonreí. Pero entonces, cuando me disponía a marcharme, se paró. No me quedó otra que maldecirlo, abrí la puerta y volví adentro para arreglarlo de nuevo. No había cogido la linterna, pero fuera había luz suficiente para ver más o menos lo que estaba haciendo, y juro que podría hacerlo ahora mismo con los ojos vendados, después de tantas veces: cebar la bomba, tirar fuerte del mango, cruzar los dedos. No hay que hacer nada más. Me dieron punzadas en la mano, la mano cortada, pero las punzadas significan que se está curando, ¿no es así?

De modo que no tenía ni idea de qué era aquella llave. La cogí entre las puntas de los dedos mientras rodeaba de nuevo la casa cuesta arriba. La etiqueta en blanco por un lado, la palabra escrita —*cave*— por el otro.

Una vez dentro, cogí la linterna, fui directo abajo y esta vez sí que metí realmente la llave en el cajón.

Cuando volví arriba, cerré la puerta tras de mí, comprobé que estuviese bien cerrada y me puse a pensar en hacer algo de comer. No sé cuánto tiempo estuve en ello, trajinando, sacando cosas y guardándolas de nuevo, y al final me decidí por algo, y puse agua a hervir en el fogón y no, la casa no saltó por los aires, pero me pareció que estaba refrescando mucho, así que fui a encender el fuego. Y en el sillón...

En el sillón, junto a la chimenea, me detuve.

Encima del asiento estaba mi ejemplar del libro.

Y perfectamente colocada encima de este, la llave.

La miré con atención, había algo irritante en ella, y mientras me obligaba a mí mismo a volver a tensar, quiero decir, a pensar, vi lo que era. La etiqueta. Antes estaba en blanco por un lado y llevaba *cave* escrito en el otro. Ahora había una palabra nueva en ella: *piège*.

La observé durante un rato interminable, interminable, fulminándola con la mirada, deseando que no estuviese allí, que aquello no estuviese pasando, pero estaba pasando, y al final no tuve elección. Tenía que verlo. Le di la vuelta, esperando ver la palabra *cave* escrita al otro lado, pero estaba en blanco. Y sin embargo era a todas luces la misma llave, la misma etiqueta; reconocí incluso el dibujo de las manchas de moho en el que había reparado antes.

Piège, no *cave*. Creo que debí de leerlo mal la primera vez. Pero ¿cómo podía ser? *Cave* no se parece en nada a *piège*.

Retrocedí unos pasos sin apartar la mirada y luego me volví hacia el armario en el que tenía reservada una botella de whisky para ocasiones precisamente como esta, para ocasiones precisamente tan tan justo como esta, cuando tengo la sensación de que quizás estoy perdiendo la...

... justo para esas ocasiones en las que necesito pillar una borrachera monumental.

Y eso hice.

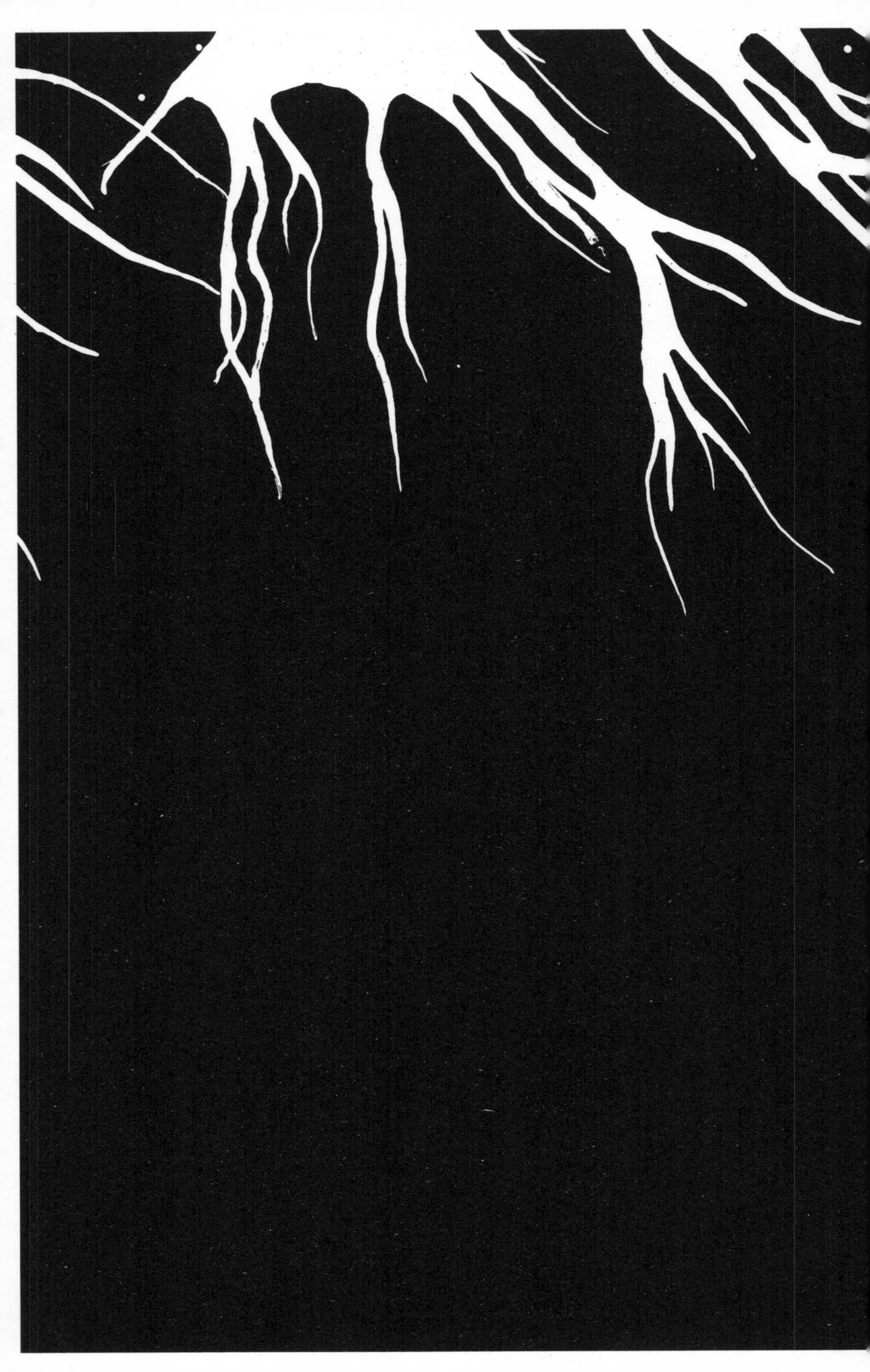

E

Guardado. Después. Pensamientos. Escritorio. Mapa. Vestido. Seda. Tinta. Obligado. Gris. Tiempo. Abajo. Bosque. Criatura. Sol. Torcido. Zumbido. Puerta. Nieve. Peldaños. Glaciar. Gas. Histeria. Libros quemados. Salvaje. Amor. Nacimiento. Vacío. Repetición. Fácil. Abandonado. Mesa. Corte. Llave. Llave. Pionero. Electricidad. Osario, cementerio. Mortinato. Color. Lago. Cobertizo. Puerta. Puerta. Después. Suscitar. Abrir. Mano. Neurotoxina. Sanación. Respiración. Respiración, oír respiración. Aquí. Respiración. Cerca. Puerta del bosque. Escrito en la llave. Merodeo. Hogar triste y lejano. Fortuna, destino, horror. Pronunciamiento. Vestido. Vestido gris, vestido gris oscuro. Tinta en crinolina, cinta del pelo, el roce de la tela en los tablones. Frío, frío. Punzada. Clavado en los pulmones. Aire, alquiler de planta puerta bosque. Sombrío. Silencioso. Escondido.

Y esto de día.

Y esto tironeado por mi mente, pensamiento obligado a alzarse, a empujar contra la trampa del alcohol. Flaquea, cae, y luego despierta y empiezo a emerger. Pero cae de nuevo. Tiempo. Más tiempo. Despertar. Morir. Ahogarse. Retirado. Publicado. Creado y vendido, creado y abandonado. Muerto al cabo de treinta y tres años. Muerto al cabo de siete días. Muerto dos meses antes. Horror; histeria. Gas. Una mente con su significado y la caída de las hojas en el lecho del bosque. Zumbido. El Zumbido. Gas. Silencio. *Piège*. Puerta. Llave. Pisadas y nieve. Pisadas y nieve. Y hago un nuevo...

Hago un nuevo esfuerzo, antes de que se vaya la luz del sol.

¿Y cuándo estoy? Quiero decir dónde, claro. Dónde. ¿Dónde?

Hace frío. Tengo frío, lo que es más. Lo que es más.

Me siento y mis ojos siguen cerrados.

Fuera.

Fuera, frío. Suelo duro debajo. Abro los ojos, abro los ojos, quiero decir que tengo que hacer realmente que se abran. Luna. Nubes. La luna detrás de las nubes, el halo de una luna de cara plateada y resplandor marrón.

Me dan arcadas.

En el umbral, bajo el porche.

Tarde.

No recuer…

Sí, sí recuerdo. Algunas cosas.

Con una punzada; la llave.

Y *piège*. ¿Qué significa *piège*? ¿Qué quiere decir eso?

No consigo recordarlo. A lo mejor no lo he sabido nunca. El francés no ha sido nunca mi fuerte…

Un momento.

La llave se movió.

El libro se movió.

O quiero decir acaso: el libro, ¿se movió?

Detalles, detalles. Hay que fijarse en los detalles… ¿Se movió solo o lo movió alguien…? Pues claro que no se movió solo. La gente mueve las cosas. La gente mueve las comas. Los escritores mueven las comas, las comas no se mueven solas, porque las cosas no se mueven solas. La gente mueve las cosas.

Me siento más erguido, la cabeza me retumba por el alcohol.

Siento un escalofrío, pruebo a levantarme.

Punzadas.

Necesito café. Puede que incluso agua. Tengo unas pastillas. En algún sitio tengo unas píldoras.

Consigo levantarme y el mundo sigue dando vueltas. Echo un vistazo al cielo. Árboles, árboles, árboles. Pero la luz del sol ya se ha ido. Es tarde, entonces. He estado fuera un tiempo, una cierta cantidad de tiempo.

Me tambaleo y abro la puerta empujando con el hombro, de vuelta adentro. De vuelta adentro. Tengo que hacer, que hervir un poco de agua. Café, y la casa estará fría y tendré que encender el fuego o...

No. No tendré que encender el fuego. El fuego ya está encendido. La casa está caliente. La luz parpadea en el bajo de encaje blanco de un vestido de seda gris, un vestido de seda gris oscuro. Me imagino acariciando la seda, sería como tocar una telaraña, y sí, hay alguien sentado en el sillón. El libro descansa junto a su mano. Huele a gas.

Al oírme entrar, la mujer se levanta. Se levanta.

Sin sonreír.

—Yo no me emborraché nunca —dice—. Ni una sola vez.

M

Está en la madurez, y me lleva un momento decidir si es quien creo que es. Estamos acostumbrados a pensar en ella... a pensar en ella de joven, como una chica joven que se escapó de casa a los dieciséis, escribió su libro a los dieciocho y los diecinueve... pero ¿qué hay de ella después?

Lo que hay de ella después es lo que veo ante mí.

Debe de tener unos cincuenta años, calculo (¿y no murió a los cincuenta y tres?).

Me clava una mirada perturbadora, y yo me siento debidamente perturbado. Abro la boca. La vuelvo a cerrar. Levanto la mano, la dejo caer. Ella está de pie junto al sillón, y lleva en la mano mi ejemplar del libro. Pero el libro es suyo, no mío.

Cuando leemos un libro, sin embargo, decimos que es nuestro, ¿verdad?, y yo he dicho siempre que eso es porque los lectores se hacen suyo el libro a través de la lectura. Ellos hacen la mitad del trabajo, con su propia imaginación, desarrollando las cosas, dibujando cada personaje, cada lugar y suceso con más detalle del que nosotros hemos consignado realmente en el papel; los escritores no hacemos más que tenderles el camino. De modo que también es mi libro. Su libro. Mi ejemplar de su libro. Y ese ejemplar está en mi cabeza tanto como en sus manos; lo tengo constantemente en la maldita cabeza.

Su boca se mueve, y habla. Está viva.

—¿Qué le ha traído aquí?

Miro el libro en sus manos. Ella no lo mira ni lo menciona. Y aun así ambos sabemos que está ahí.

Ella de pie. Yo de pie. No ocurre nada. Al final entiendo que tengo que dar algún tipo de respuesta.

—La triangulación. Supongo.

Se detiene a considerarlo. Veo como la palabra «triangulación» cruza en un susurro por sus labios, pensativa; vislumbro ya bajo la superficie ese espíritu célebremente osado suyo.

—Esa es una respuesta con un grado nada desdeñable de perfección.

Parece satisfecha. Pero sus ojos marrones siguen fijos en mí y no sonríen; los labios contraídos.

Desde donde estoy noto la telaraña sedosa y gris de su vestido en los dedos, y me llega de nuevo ese olor: algo mineral, algo muerto.

Quiero hacerle una pregunta. De todas las cosas que podría decirle, lo que quiero es hacerle una pregunta tonta.

—Le ronda un asunto por la cabeza.

Me pregunto si salta tanto a la vista o si es que sabe lo que estoy pensado. Dios mío, espero que no sepa lo que estoy pensando. Mientras me pregunto si será verdad eso, dice:

—¿Este es usted?

El libro ya no está. Debo de haber visto mal. Porque ahora su libro no está, y sostiene mi cuaderno en una mano mientras con el índice de la otra da unos golpecitos sobre mi nombre, que escribo siempre en mayúsculas en la cubierta.

Se me hace un nudo en la garganta y descubro que no puedo responder.

Asiento, y ella dice:

—Tenemos las mismas iniciales. Es gracioso.

Amago una sonrisa, pero muere en mi cara con un temblor del labio y ya no vuelve.

—No me había dado cuenta —respondo, casi para mí.

Ella regresa al sillón, y se instala en él.

—¿Qué es lo que desea preguntarme? ¿El brazo?

Ahora sé que tiene que ser capaz de leerme la mente. No hay otra explicación. Su brazo. Le cuelga de una forma desmañada. Lo usa, pero parece moverse de un modo distinto. Sabemos que le afectó de niña, pero nadie sabe qué ocurrió, si nació con alguna clase de problema o si sufrió algún accidente.

—¿Quiere saber qué es lo que me aflige en el brazo? ¿No hay preguntas más interesantes que desee plantear? ¿Ha tri-an-gu-la-do usted semejantes trivialidades?

Alarga la palabra al pronunciarla. ¿Se está burlando de mí? Puede que solo esté disfrutándola (como hago yo mismo a veces) y que yo no salga de mi desconcierto, un verdadero desconcierto.

—Muy bien —dice—, ya hemos hecho las presentaciones. Y he confirmado su identidad. Usted sabe quién soy yo, ¿correcto?

Asiento.

—¿Sabe hacer algo más que asentir?

Caigo en la cuenta y compongo una respuesta a duras penas.

—Bueno, pues —trastabillo—. Es decir, ¿qué está... qué está haciendo aquí?

Ahora su boca forma una sonrisa, pero es una sonrisa fría y dura, y se me hace un nudo en la boca del estómago.

—¿Le puedo ofrecer asiento? —dice, y señala la silla de madera que uso en el escritorio.

La cojo, y noto que me incomoda que me haya ofrecido una silla. Esta es mi casa, al menos mientras la tenga alquilada, y pertenece a Étienne el resto de...

—Bien —dice—. Excelente. No debe usted coger frío, sin duda debe de sentir los efectos de sus libaciones.

Sigo su mirada hasta la botella de whisky vacía, tirada en el suelo con una hermosa gota dorada todavía dentro. Noto cómo se me encienden las mejillas. Y me noto también una pizca molesto.

—¿Ha encendido usted el fuego? —le pregunto; sigo haciéndole todas las preguntas equivocadas.

Cuando veo que no me contesta, me siento en la silla a unos palmos de distancia, de cara a ella, algo inclinado a un lado, porque mirarla de frente es demasiado.

—¿Qué edad tiene? —le pregunto.

—Esas cosas no se preguntan. En mis tiempos. Aunque, por otra parte, nunca me importaron demasiado las convenciones de mis tiempos. Tengo cincuenta y tres años de edad.

Me pregunto si sabe que está muerta. Aunque, por otro lado, no lo está. A los cincuenta y tres todavía estaba viva. Por poco. En todo caso la tengo sentada enfrente, y eso es más viva que mucha gente. Entonces me pregunto si estará a punto de morir y si sabe que ese momento está...

—¿Qué quiere decir esto? —pregunta, y entonces sé que estoy perdido.

Tiene el libro de nuevo entre las manos. Su ejemplar de mi libro, no, quiero decir mi ejemplar de su libro; el que tiene todas las esquinas dobladas, las esquinas que indican...

—Marco... Marco las páginas importantes. Importantes para mí, claro está. Así puedo encontrarlas fácilmente cuando...

—¿Qué quiere decir esto?

Se me seca la boca, y la garganta se oprime de nuevo, como si unos dedos me presionaran sobre la nuez con insistencia.

—Yo... Es decir, me refiero... Yo...

—¿Qué quiere decir esto? —repite; el tono de su voz baja una o dos notas, y yo me doy cuenta de que no quiero responder.

Me clava los ojos, su mirada me penetra en modos que no me gustan. Veo que se mueve, deja el libro y coge de nuevo el cuaderno. Yo nunca dejo que nadie lo mire, nadie. Lo hojea como si fuese una revista, y luego se para, es evidente que ha encontrado lo que anda buscando.

—Detestas este libro —dice, citándome mis palabras—. Destrúyelo. —Levanta la vista—. Así pues, ¿qué son estas esquinas dobladas?

No hay nada que hacer. Sé que sabe más de lo que dicen mis palabras.

—Son pasajes del libro —comienzo, en voz baja y sin mirarla—, que no me parecen... del todo... convincentes.

En un primer momento no dice nada.

Y luego, sencillamente una palabra.

—Y.

No tengo ni idea de a qué se refiere.

—¿Le importaría darme un ejemplo de esos momentos?

Me importaría. No digo nada.

—Permita que lo pregunte de este modo: ¿por qué detesta tanto mi libro?

Yo tengo la mirada fija en el suelo, en un espacio que queda entre las puntas de sus zapatos de seda, que sobresalen del bajo del vestido.

—Vamos, ¿qué tenía pensado decirle a su público

lector? A buen seguro es usted lo bastante valiente como para decírmelo a mí, objeto de esa acreditación.

Suspiro. Me ha pillado. Eso es justo lo que pienso de la gente que critica sin reservas la obra de un escritor en los foros públicos; dudo que muchos de ellos fueren tan groseros o tan ingeniosos como para decírselo a ese escritor a la cara. *Bien,* tengo que confesar que ha ganado la discusión, pero aun así no quiero enumerarle los defectos detectados en un libro a la mujer que lo escribió.

—Era usted muy joven —aventuro, pero ella me corta.

—No creo que usted piense que eso tiene algo que ver. ¿Lo piensa? No, ya imaginaba. Los dos sabemos que mi primer libro fue mi mejor libro. Y osaré cometer una pequeña inmodestia señalándole lo evidente: que se ha convertido en una obra cumbre del canon literario y no ha dejado nunca de imprimirse a lo largo de doscientos años. Y desmesuradamente influyente. ¿Puede decir lo mismo de alguno de sus escritos? No lo creo. Salvo de uno que quizás resista la prueba del tiempo, y de ese, bueno… —Deja la frase sin terminar, y a mí no me gusta la insinuación—. ¿Cree acaso que algo de lo que usted escriba va a alcanzar la inmortalidad de mi obra maestra? Tal vez, sí. Seguramente, no. De modo que se lo pregunto de nuevo: ¿qué hay en mi libro que le genera una aversión tan intensa?

Me está provocando, deliberadamente. Y con éxito, da la impresión, porque descubro que tengo el valor de contraatacar.

Agito una mano en el aire.

—Es torpe. Creo que uno de sus biógrafos más indulgentes dijo que el libro «está aquejado de numerosos defectos, socavado por situaciones improbables».

—Sí, recuerdo ese relato de mi vida y obras. Compartimos también las iniciales con ese biógrafo en concreto; ¿no se había fijado tampoco? ¿Y qué más? ¿Cree quizás que su trabajo está por encima de toda crítica? Usted solo se la imparte a otros, ¿no es así?

Muy bien, pienso. Usted lo ha querido.

—Simples fallos en el argumento; el número enorme de estratagemas excesivamente oportunas, que podrían haberse evitado sin problema. Más allá de Victor y la criatura, el resto de personajes son flojos. El estilo es ampuloso en algunos puntos, y en otros de una banalidad apabullante. Y no disculpo su edad, ni la época en que escribió... Jane Austen estaba escribiendo sus mejores obras por aquel entonces, ¿no es así?

Sé que he ido demasiado lejos, pero parece que no soy capaz de detenerme. Tengo la palabra, así que ya puestos será mejor que diga lo que tenga que decir.

—Pero, fundamentalmente, ignoraría encantado todos estos defectos y desequilibrios, encantado, si no fuera por una cosa. Su libro revela esnobismo...

—¿Sí?

—Elitismo...

—¿En serio?

—Y racismo.

—¿Racismo? ¿Le parece xenófobo? Debe tener presente que es una obra de ficción, y que las palabras de mis personajes no...

Yo la corto esta vez.

—No intente ir por ese camino. Por supuesto

que lo sé, puede que sea mal escritor, pero soy escritor. Está usando esa defensa retrospectivamente, y no hay más que leer sus cartas personales y sus diarios, como hemos hecho todos, para ver sus opiniones sobre los «indolentes franceses», los «perezosos asiáticos» y la andrajosa clase obrera en general.

—«Como hemos hecho todos» —me cita ella en respuesta—. ¿Ha leído mucha gente mis cartas personales?

El deje de paradójica arrogancia que subyace a la pregunta no me pasa desapercibido. Lo rumio, luego lo escupo.

—Un poco.

Se queda un momento callada, mirando el fuego. Da la impresión de que he ganado en esta escaramuza, pero tengo la acuciante sensación de que estoy lejos de ganar la guerra, en particular porque no sé cuál es la guerra. Tomo consciencia de pronto del espacio de la casa; del aire que ocupa y del aire que la ocupa, del peso colgante, aquí arriba, a mil quinientos metros de altura, y de la noche vacía que se eleva desde el suelo cuando el crepúsculo llega a las montañas, y abajo en el barranco, simas resonantes abocan agua rugiente en profundidades insondables, ignotas para la Humanidad y todas salvo las más valientes de las bestias, mientras yo estoy ahí sentado y conversando con una mujer que lleva largo tiempo muerta.

Colgado del cuello lleva un relicario, uno de esos con una foto en cada mitad, o en este caso, como ya sé, dos mechones de pelo. Está forrado de fina piel verde oscuro. Lo he visto antes. Lo vi en un museo de Oxford, hace siglos. Siglos. Pero ahora descansa en torno al cuello de Mary, reposa sobre su pecho. Me pregunto un instante si entra y sale aire de esos pulmones, pero entonces la luz del fuego ilumina la inscripción del relicario, en filigrana de metal. No necesito acercarme para leer lo que dice:

Beati gli occhi che lo vider vivo.
Dichosos los ojos que lo vieron vivo.

El tiempo se comba sobre nosotros mientras el fuego lame el hollín del interior de la salamandra y ella piensa en sus recuerdos y yo en los míos. Y al cabo, inclina de nuevo la cabeza hacia mí.

—No va a terminar su proyecto —afirma, con tal certeza que podría estar hablando de la inminencia de la noche.

—¿No?

—No. A pesar de toda su... aversión hacia mi libro, es usted claramente consciente de que se le ha metido dentro. Además, me he dado cuenta de que no menciona una de las críticas que más a menudo se le dirigen...

Quiere que le pregunte, y lo hago.

—¿Cuál es?

—Que no fue siquiera idea mía, para empezar, ese relato espantoso de un hombre que crea un monstruo, sino que me lo sugirieron en una conversación mi marido y su... mentor.

—¿Lord Byron?

—Sí, ya sabe de quién hablo, y sabe también a qué episodio me refiero. Esas discusiones suyas sobre galvanismo y sobre filosofía natural moderna que yo escuchaba. Se plantearon en voz alta la reanimación de los muertos. ¡Y he aquí! Esa fue la historia que escribí. Me pregunto por qué no se molesta en añadirlo a su enumeración de defectos del libro.

Me clava esa mirada penetrante. Se la sostengo durante un momento.

—Pero eso no es un defecto del libro en sí. Todo el mundo saca la inspiración de alguna parte, ¿no es así?

—¿No es así, en efecto? —dice ella—. ¿Le importaría extenderse algo más sobre este tema?

No, pienso. No quiero. Mantengo la boca cerrada. Ella lo deja pasar.

—En fin, todo esto no viene al caso ahora. Y en ciertos aspectos, estoy de acuerdo con usted. Hay una cuestión, no obstante, que importa más que todas las demás.

—¿Y es?

Descubro que he empezado a hablar de un modo más formal, más a la manera en que habla ella.

—Y es que necesito algo de usted.

No es la primera vez que soy incapaz de dar con las palabras, no digamos ya de pronunciarlas.

—Desde el principio —dice—. Desde buen comienzo, se ha malinterpretado mi libro. Así que difícilmente cabe asombrarse de que nadie lo entienda ahora, cuando desde el primer momento se malinterpretó. No puedo seguir permitiéndolo. Necesito que se difunda su auténtico significado. Y usted es el escritor que va a hacer que eso ocurra.

Levanto la cabeza con gesto brusco.

—No —respondo, y casi me echo a reír, pero la situación no tiene nada de divertido—. No. Yo no soy ese escritor.

—Me noto fatigada. Necesito retirarme. Le doy tres días para pensarlo. Hágase preguntas, si quiere... Pero debo decir que es concebible, después de que yo haya estado aquí, que se produzcan otras apariciones. Le sugiero que considere todo lo que se ha dicho. Y debería añadir que...

Se queda callada. Me pregunto si es cierto que

hasta los fantasmas se fatigan, que hasta los fantasmas se cansan. Y luego pienso, dios mío, pues claro que deben cansarse, con toda una nada eterna por delante. ¿Quién no se cansaría? ¿Está atrapada aquí, en el centro de un triángulo de su propia invención? ¿O tal vez la he invocado yo, con mis triángulos mágicos?

Veo que está esperando que le pida que continúe.

—¿Qué? —farfullo. Y en señal de protesta, me levanto y finjo que la salamandra necesita leña. Abro la puerta, echo un leño a las llamas.

—Le hago una advertencia. Le sugiero que tenga cuidado con otras visitas, en particular si el visitante resulta ser mi creación.

Me vuelvo hacia ella y veo que ha desaparecido.

Mirar fijamente el sillón en el que estaba sentada no la hace volver. Y ella no es la única que se ha desvanecido: el fuego está apagado. Mientras que un momento antes la estufa rugía, ahora está apagada. Pongo la mano encima. Está fría.

E

¿Qué es lo que nos lleva a crear? ¿Qué nos impulsa a grabar imágenes en una piedra, a embadurnar de ocre y carbón las paredes de las cavernas? ¿Por qué aplicamos óleo en el lienzo, soplamos notas de música al aire, por qué hacemos signos en el papel? Algunos querrían convencerte de que no es más que una pérdida de tiempo; un derivado fortuito y en esencia absurdo de la evolución que malgasta nuestras energías en frivolidades, insignificancias; cosas sin relación alguna con las cuestiones centrales de la vida: comida, ropa, cobijo.

Esa gente se equivoca.

Casi todo el mundo tiene la necesidad innata de crear; pero en la mayoría termina frustrada y olvidada, y ese impulso se inyecta en otras actividades que son menos amenazadoras, menos difíciles, y menos gratificantes. En algunas personas, la necesidad de crear transmuta en una necesidad de destruir. Y por debajo de ambas, encontramos la necesidad de comprender el mundo y de interaccionar con él. La creación es un acto aterrador; un acto que requiere coraje, o como mínimo ingenuidad, mientras que la destrucción es fácil y, (puede que) sorprendentemente mucho más segura.

Entender el mundo. Entender qué estamos haciendo aquí, cuando nos dejan en esta roca girando en el espacio y abrimos los ojos asombrados ante la confusión absoluta que nos produce todo.

Confusión. Eso es lo que es.

¿Queréis horror? ¿No es ese horror suficiente?

Nacemos en mitad de la confusión, y solo hay dos respuestas posibles.

La creación. Y la destrucción.

En cuanto Mary me dejó, me sacudí como por un golpe invisible.

Caí de espaldas sobre los tablones de madera de la cabaña, y mi cuerpo pegó contra ellos como una mano en un tambor. La casa resonó, el eco recorrió todos los cuartos ocultos que había debajo, y me pregunté si Mary estaría ahí, sabiendo al mismo tiempo que sería incapaz de ir y averiguarlo.

Sin duda, en el bosque que iba oscureciéndose a los pies de la casa los ciervos andaban sueltos, esquivando con sus orgullosas cornamentas las ramas bajas, mientras yo estaba ahí tendido en el suelo con la mano palpitando, sanando lentamente. Al otro lado de las cimas de las montañas, sentía el frío acenso de la noche; las estrellas vespertinas que afloraban en la hoja de tinta, la escarcha que mordisqueaba las hojas de los pocos árboles caducos y dejaba pelados los husos, aguardando la primavera.

Me quedé ahí tumbado, y el tiempo se fue filtrando en lo más hondo de mí. Y de pronto pensé en lo que Mary me había dicho.

Cuidado con mi creación.

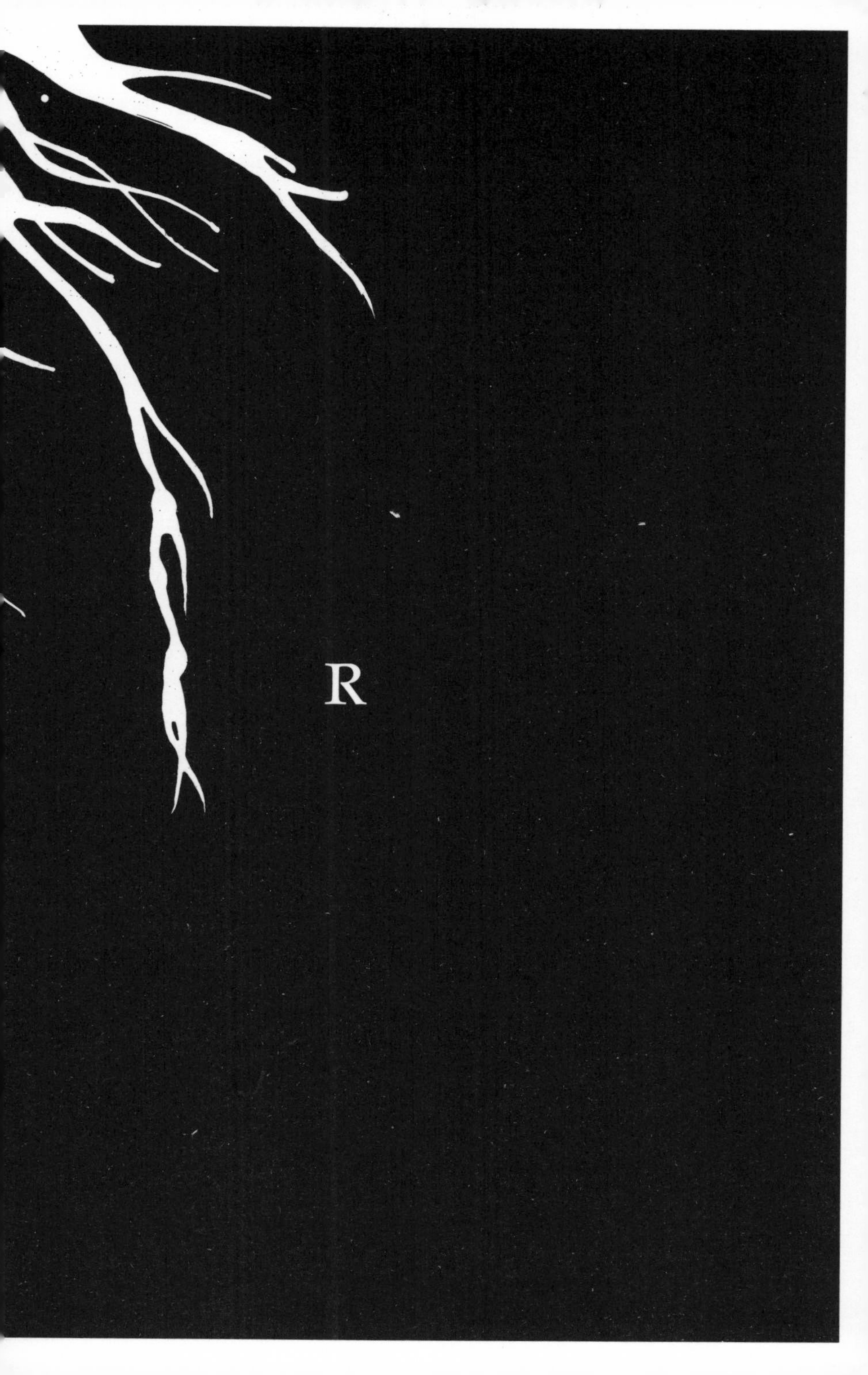

R

Encendí de nuevo el fuego. O, mejor dicho, lo encendí por primera vez esa noche, y luego me senté y esperé a que llegara la larga noche en el sillón, sentado en el mismo sitio en el que Mary se había sentado, planteándome muchas cosas, en particular la duda acuciante de si estaba perdiendo la razón. No sentía gran cosa, salvo aprensión frente a lo que pudiera venir, y a cómo se revelaría ante mí; se revelaría... Pero no vino nada.

Al final, me quedé dormido, y el amanecer me despertó con el cuello y la espalda agarrotados y el aire fresco que invadía la casa con el fuego apagado.

Me levanté del sillón y fui a abrir la puerta, quería que el frío me despertase como es debido. Había dos dedos de nieve en el suelo, no más.

Entonces me levanté del sillón, y al mismo tiempo me di cuenta de que ya estaba de pie junto a la puerta. Negué con la cabeza, tratando de comprender lo que estaba ocurriendo, y mientras lo hacía, vi como la nieve se iba derritiendo sin pausa. Y después me levanté del sillón.

-3-E-

Hacia la hora de comer, la nieve había desaparecido. El sol arrolló la alta cresta de las montañas que se alzaban frente a la casa y el mundo empezó a humear con la evaporación de la humedad de las superficies de madera, del tejado de chapa de la casa, del tejado de la leñera, de las piedras planas que había junto al bebedero de piedra.

Y luego vino un tiempo de espacio en el que lo único que podía pensar era que una mujer muerta se me había aparecido, y supe en lo más profundo de mí que aquello estaba comenzando, y no terminando, como yo había creído. Había creído que el tiempo se acababa, y que andaba metido en una cortísima y maravillosa fase creadora, pero ahora me daba cuenta de que lo que había estado haciendo no era escribir, no era crear, sino que me habían enrolado en un acto de re-creación.

¿Queréis más palabras? No tengo más. ¿Por qué hacen falta más? ¿Por qué? ¿Es tan estúpida la gente, que no ve lo que tiene delante de los ojos en negro sobre blanco? O no estúpida, sino acelerada, con prisas. Demasiado agobiada para comprender las palabras. Y eso a pesar de que las palabras no son solo blanco y negro, sino un blanco y un negro que tienen la opción de reconsiderar. No lleva más que un momento volver atrás y releer, ¿no es así? Y eso no es algo que ofrezca el cinematógrafo, ¿verdad? Y tampoco podemos hacer que un cantante dé un salto y otro salto y repita a nuestro antojo. De modo que si se te ha pasado algo, aquí, en negro sobre blanco, puedes ejercer tu derecho divino de rememorar todo lo que he dicho hasta ahora; te prometo que basta.

Y tú, esto te lo concedo, siempre me has enseñado a decir *menos*. Siempre me has enseñado a contenerme allí donde otros derrocharían un diccionario entero para decir cosas que ya se han dicho, en negro sobre blanco.

Pero, escucha:

Esto también te lo concedo.

Una mujer muerta vino a mí, y me habló. Me encomendó hacer su trabajo, ya que ella no podía.

Y a mí no me apetece obedecer.

Me acosté, no sé decir cuándo, pero el sol se estaba poniendo y el frío empezaba ya a levantarse, y en torno a la casa el cielo entero se volvió gris y sentí los huesos acercándose.

Me eché en la cama a oscuras, y allí estaba la respiración en mis oídos, bien pegada, respirando, respirando, y la presión, ligera pero persistente, de dos poderosos dedos sobre mi tráquea.

E

Se requería una cierta distancia. Un paseo, poner algo de espacio respecto a las cosas que me acuciaban: la casa, mi mente, la casa y sus secretos, y Mary.

Había decidido salir de inmediato, pero me llevó horas estar listo, porque cada vez que llegaba a la puerta, me calzaba las botas de caminar, me enderezaba, me preparaba para salir y luego volvía atrás dando zapatazos para coger algo que había olvidado. Y entonces no conseguía recordar qué era y me quedaba absorto mirando cómo la madera se ponía gris con el tiempo a mi alrededor, y la estufa fría, y luego iba hacia la puerta y me calzaba las botas. Y entonces tenía la sensación de que había olvidado algo, y debí de calzarme las botas una docena de veces, aunque estoy verdaderamente seguro de que solo me las calcé una vez.

Por fin, con un gran esfuerzo por no pensar, me encontré en el sendero que subía desde la casa, en dirección contraria al sendero que bajaba al coche, y al pueblo, y me encaminé a la alta montaña. Esto suponía abrirse camino bajo las ramas colgantes de la última franja de bosque antes de emprender de verdad el ascenso, con las agujas de los árboles rasguñándome el cuello aquí y allá.

Ese día hacía más fresco, incluso al sol, y en la penumbra del bosque aún más, así que me alegré de haber cogido un forro polar. Me subí el cuello, me encajé el gorro de lana todavía más mientras intentaba concentrarme en nada más que en cada paso de las botas, y escuché el sonido del lecho muerto del bosque cediendo a cada pisada, el roce de mi ropa y el crujido de los brazos de los árboles con la suave brisa. Motas de luz se colaban por entre las rendijas de las ramas, y más allá de los troncos se veía hierba alpina iluminada por el sol, alta y moribunda por el avance del invierno.

Oía todavía la cascada de agua abajo en la garganta del valle, un sonido muy leve y disperso, ahora, nada más que ruido blanco, un ruido blanco. Crucé la línea de árboles hacia la falda despejada siguiendo un sendero abierto en la tierra por siglos de pezuñas, de cabras, de ganado, de ovejas de las montañas y, de vez en cuando, el pie del Hombre, y allí, levantando la cabeza frente al elevado horizonte, hice unos cálculos trigonométricos. Debía de haber una hora. O tal vez dos, pero sabía que seguramente era engañoso. Sin embargo, ahí, oculto a la vista, estaba el pico de mi montaña, el centro mismo no solo de mi mundo triangular sino del planeta entero, y yo aún no lo había visitado, a pesar de las semanas que llevaba ya en mi desfiladero en descomposición. Necesitaba espacio, y sabía que el pico de la montaña me lo proporcionaría en infinita abundancia.

El rostro entero de los cielos estaba azul, en todas las direcciones de la brújula, apenas una voluta de blanco aquí y allá, asomando sigilosas por detrás de la montaña y disipándose tan pronto como llegaban. Emprendí la subida, e inoculado por el sol, encontré manera de olvidar lo que había ocurrido, durante una hora al menos, puede que más. Pero el pico seguía todavía oculto a la vista y tan lejos, por tanto, como cuando me había puesto en marcha.

Cansado como un fantasma, busqué una roca y me permití descansar. Trataba de succionar de aquel mísero aire el poco oxígeno que había mientras contemplaba allí abajo el camino por el que había venido: el valle, los bosques. Se veían atisbos de sinuosa carretera, antes de desaparecer de la vista, atisbos de arroyos de montaña antes de internarse en el abismo del valle, y entonces vi el tejado de una cabaña.

Creyendo que era la mía, sonreí. Parecía tan inocente en el divagar de la tarde…, en absoluto un lugar de asuntos prohibidos. Pero luego me di cuenta de que no era para nada mi casa. El tejado estaba hecho de chapa ondulada, igual que el de la cabaña de Étienne, pero mientras que este lo habían reemplazado hace poco y seguía siendo mayormente gris acero, el tejado de esta cabaña era de un color óxido marrón anaranjado por toda la superficie. La configuración de las chimeneas también era distinta. Esta estaba cercada de árboles por todos los lados, no como la de Étienne. Sin embargo, sabía que no podía estar lejos de mi alojamiento estas semanas, y me sentí muy idiota por no haberla visto antes.

La observé un rato, como si fuese a hacer algo, y luego me reí para mis adentros, porque, ¿qué iba a hacer una casa?

Me empezó a entrar frío, y di media vuelta para mirar el pico a mi espalda. Vi no solo volutas de blanco, sino bancos de negrura que venían barriendo desde un costado de la montaña. Pronto tomaron el sol y la temperatura se desplomó. Un viento feroz me abofeteó la mejilla. Percibí que había algo en las nubes, y al poco vi terribles rayos de diagonales grises por toda la montaña. Acto seguido, me volví en dirección a casa.

No había llegado siquiera a mitad de camino bajando por la falda cuando la lluvia me alcanzó y empezó a golpetear en mis hombros mientras yo me apresuraba. Antes de que pudiera cubrir la otra mitad de recorrido hasta el bosque, la lluvia se volvió aguanieve; en cuestión de no más de un minuto, nieve espesa, intensa, húmeda. Agaché la cabeza, y a pesar de que llevaba el forro polar, este no era impermeable, así que el frío de la nieve empezó a calarme. Cuando entré bajo los árboles protectores, distinguí otro sendero que enfilaba la linde del bosque, y supe que se dirigía hacia la casa cuyo tejado había visto. Me sentí tentado de explorar, pero igualmente reticente. Además, sabía que era mala idea, por no decir algo peor, teniendo en cuenta que ya estaba helado y que la nevada arreciaba.

Ahora, dentro del bosque estaba tan oscuro que casi no se veía nada, y aunque la mayor parte de la nieve no llegaba hasta mí, aquí y allá algunos copos solitarios caían flotando ante mí, tranquilos, liberados de la voluntad del viento.

Cuando llegué a casa tiritaba de pies a cabeza. Me las apañé para prender un fuego en la estufa, me quité la ropa empapada y me derrumbé en el sillón con dos mantas encima.

Me quedé dormido. Despertaba de vez en cuando y luego me dormía de nuevo entre vagos pensamientos sobre triángulos y sobre el centro del mundo. Pensé que estaba atrapado. Pensé en fantasmas atrapados, en fantasmas cansados. Pensé en otras criaturas, otros monstruos, en historias de las montañas; historias que había leído sobre túneles en las entrañas de las montañas, sobre fosos profundos en el interior de las cuevas, llenos de tesoros, vigilados por espíritus y demonios, y luego recordé que antes creían que los glaciares en sí eran espíritus. En los inviernos brutales crecían y descendían de los Alpes para destruir los graneros, las casas, hasta aldeas enteras, irrefrenables, pese a que desde luego intentaban frenarlos. Hacían venir a los obispos, y los obispos trataban de exorcizar el hielo; en vano, por supuesto.

Y luego debí de dormirme hasta la madrugada, porque cuando me desperté; mi nuevo visitante estaba de pie ante mí en la vacilante penumbra.

C

La luz del fuego le otorga un resplandor sobrecogedor.

Lo sé. Y trato de ignorarlo.

Sé quién es, pero él parece querer asegurarse.

Se queda ahí de pie, ondea un brazo frente a él, como si dibujara una banda honorífica en el aire con el movimiento hacia atrás de la muñeca.

—¿Me conoce? ¿Me conoce?

Asiento. ¿Cómo no lo voy a conocer? He leído su descripción un centenar de veces, al fin y al cabo: no tanto su apariencia física, sino su comportamiento, sus acciones. Esa mirada salvaje en sus ojos, el aire de inteligencia y de fiera emoción; la fe todavía intacta en la bondad, oculta muy por debajo de una capa de dolor trágico. ¡Dios mío! Casi espero que *rechine los dientes,* y cuando lo hace, momentos después, me siento tan empujado a la risa como al miedo. Es tal cual como ella lo describió. Tal cual como ella lo *creó.*

Frankenstein.

Victor Frankenstein, el más melodramático de

los personajes; el héroe y el antihéroe de la pésima novela de Mary.

—Te conozco —le digo—. Sí. Te conozco.

Frankenstein. Por supuesto, hoy en día la mayoría de la gente sabe que Frankenstein *no* es el nombre del monstruo, sino el del hombre que lo creó. Pero no siempre ha sido así. Muchas veces el lector lego, o tal vez sería más justo decir el espectador de cine, ha confundido el nombre del creador con su creación.

¿Y cuál es el nombre del monstruo? No tiene. Victor no le pone ninguno. ¿O quiero decir que Mary no le puso ninguno? (¿Y qué es lo que sentimos hacia aquellos a los que no nos molestamos ni en dar un nombre? ¡Menudo gesto! Deshumanización, nada menos.)

—Yo no quería ser quien ella me hizo ser —dice Victor, y echa a andar arriba y abajo por el cuarto de una manera tan cómica que me habría reído otra vez de haberlo visto tras la seguridad de una pantalla, y no ante mis ojos. Pero dado que está ocurriendo ante mis ojos, es... perturbador, por no decir otra cosa—. ¡No! —afirma, girando sobre sus talones justo antes de llegar a mi escritorio, y regresando hacia mí—. ¡Yo no quería ser quien ella me hizo ser!

Se para, atravesándome con la mirada.

—¿Y qué preferiría ser? —le pregunto al final.

No me responde de inmediato. Un momento después, cae de rodillas y hunde la cabeza entre las palmas de las manos. Cuando habla, lo hace con una voz tan baja que apenas alcanzo a oírlo.

—Me hizo un monstruo.

Eso se podría entender de dos maneras, pienso. Como mínimo. Pero decido quedarme con la obvia.

—Tengo que darle la razón —digo—. Y espero no ofenderle, pero...

—¡Me hizo un monstruo! —repite, y se pone de pie lanzando los brazos a los lados como un pésimo actor dramático amateur.

Agacho la mirada y levanto la mano en gesto de disculpa, de nuevo sintiendo esa extraña mezcla de urgencia de reír y miedo estúpido.

—Yo…

—¡Piénsalo! —grita—. Piensa en qué me convirtió. Siguiendo *sus* órdenes, creé esa criatura. Me retrata como un noble, un hombre por encima de lo común; sabio y dotado, y sin embargo mira lo que me obliga a hacer. Yo creo a su criatura, y la llamo *su* criatura porque yo no quería tener nada que ver; creo a su criatura y luego la criatura se convierte en un asesino. ¡Rechazada y detestada, aprende a odiar tan rápido como a leer!

Asiento. Es cierto. Me hace recordar otra cosa del libro que me parece ridícula: que el monstruo aprenda a hablar, a leer, de hecho, a entrar en debates filosóficos complejos, todo ello escuchando a través de la pared de la casa de campo en la que está escondido, espiando las conversaciones y las lecturas de la familia de campesinos. Oh, solo que en realidad no son una familia de campesinos, ¿verdad? No, por supuesto que no, son una familia *noble* que está teniendo una mala racha, y mala suerte, porque unos campesinos de verdad no servirían jamás, no tendrían jamás la profundidad de sentimientos ni la sensibilidad necesarias para servir de protagonistas en el relato esnob de Mary.

Pero tal vez la culpa es mía. Por mi falta de incredulidad. No me cuesta nada creer que Victor pueda montar un hombre vivo con miembros desechados y recogidos del osario y el putrefacto cementerio; sin embargo, veo grietas en otros sucesos igualmente improbables. ¿La culpa es mía, entonces? ¿O es de Mary, por no convencerme con su historia? ¿De quién es la responsabilidad última de la historia? ¿Al escritor o al lector, al lector o al escritor?...

Victor despierta de otra ensoñación y vuelve a recorrer el cuarto.

—Sí —dice. Se detiene—. ¡Pero nada de esto es cosa mía! ¿Y qué más me obliga a hacer? ¡La criatura mata! Mata al pequeño William, mi hermanito. Acusan del asesinato a nuestra doncella, Justine, y aunque sé que no es culpable, ¿muevo un dedo para impedir que la lleven a la horca? ¡No! Hago lo único que se me da bien; me retuerzo las manos y me lamento de mi suerte, ¿pero levanto un solo dedo, digo una mísera palabra que le salve el cuello de la soga? ¡No!

Frunce el ceño.

Clama y se queja mientras va dibujando un retrato de sí mismo terriblemente doloroso; pone en peligro, por turnos, a la mitad de su familia, y a sus amigos también. Henry Clerval muere a manos del monstruo, y ni aun así Victor le cuenta a alguien lo que ha hecho, ni de qué manera es culpable.

—¿Te parece creíble? ¿Sería algún hombre tan frío, tan despiadado? ¡Ja! Pero eso es lo que me obligó a ser. Y no puedo hacer ni una maldita cosa al respecto. Me tiene en su poder, para siempre. ¡Me tiene en su poder! Y te digo algo. Te lo digo tan seguro como que estoy aquí delante: mi creación me sigue, igual que yo la sigo a ella. Mi creación vendrá, ¡y vendrá pronto!

Descubro que ya no tengo tantas ganas de reír.

¿Qué es lo que dicen? El conocimiento es saber que Frankenstein no es el monstruo de la novela de Mary, mientras que la sabiduría es saber que Frankenstein *sí es* el monstruo de la novela de Mary. Porque Victor es el monstruo, no hay más. Crea una criatura que mata a inocentes, y no hace nada por confesar sus errores hasta que es demasiado tarde, tarde para demasiadas personas inocentes. Pero quiere que entienda algo más. Al menos, comparte la culpa por las acciones de su creación con el dios que lo creó a él, un dios que lleva el nombre de Mary.

Pero no me ha gustado eso que ha dicho de que su criatura lo sigue. Se me ocurre una cosa, sin embargo, algo muy importante.

—¿Cree que tiene salvación? —le pregunto.

—¿Me conoces? ¿Me conoces?

Entiendo lo que quiere decir, al instante. Quiere decir que él es lo que es, y que no puede cambiar la manera en que fue creado. Una oleada repentina de desesperación me engulle, no solo a mí, sino el cuarto entero. Echa a andar de nuevo de esa forma tan familiar, y yo me pregunto si se lo puede salvar. A lo mejor puedo ayudarlo, a lo mejor es posible cambiar la propia naturaleza, por mucha fuerza con que esté tallada en la roca.

—Yo no quería ser quien ella me hizo ser —dice, en voz algo más baja que antes. Algo está empezando ya a cosquillear al fondo de mi cerebro.

—Sí, entiendo… —comienzo a decir, pero él me corta.

—¡No! —exclama, con menos vehemencia que antes—. Yo no quería ser quien ella me hizo ser.

El cosquilleo en la base de mi cerebro se vuelve más insistente. Intento algo.

—¿Dónde nació usted? —le pregunto—. En Ginebra, creo. No muy lejos de…

—¡Me hizo un monstruo! —pasa por delante de mí, y yo me levanto de la silla y lo rodeo por detrás. Él no sigue mis movimientos, ni lo más mínimo, sino que se queda delante del fuego.

—¡Piénsalo! —grita—. Piensa en qué me convirtió. Siguiendo *sus* órdenes, creé esa criatura mía.

Ahora estoy convencido. Él continúa con su discurso, exactamente igual que antes, puede que en voz un poco más baja, y se pasea por el cuarto, arriba y abajo. Y dice:

—¿Te parece creíble? ¿Sería algún hombre tan frío, tan despiadado? —igual que ha dicho antes; cada palabra, de hecho, palabra por palabra, igual que ha dicho antes, pero en voz más baja, más baja, y cuando llega al final y se queda plantado frente al fuego, mirando a la nada, a nadie, y dice «¿Me conoces?», siento un frío que me sube por la tripa y me dan ganas de vomitar.

Cojo la silla del escritorio y me siento detrás de él, observando. Verle la cara es demasiado, es demasiado verlo, mientras repasa su papel, una y otra vez, lanza los brazos a los lados, cae de rodillas, camina, gira sobre sus talones y declama su melodramática vida, atrapado en bucles infinitos, en voz más baja cada vez, como si alguien estuviese bajando lentamente el volumen de un televisor. Y entonces veo que está empezando a desvanecerse, este fantasma cansado. Es la luz del fuego, lo que veo primero a través de él; en su pierna se transparentan las llamas de la estufa, y comprendo que se está yendo.

Lleva una eternidad, puede que una hora o más. Una eternidad en la que muere lentamente ante mí. Es insoportable contemplarlo, insoportable escucharlo, pero poco a poco desaparece, paso a paso, palabra a palabra; su voz se apaga y su cuerpo se apaga, hasta que al final ya no está, y yo me quedó ahí con las últimas palabras que ha sido posible escuchar.

Mi creación vendrá.

E

Mi creación vendrá.

Tengo que salir de aquí, no solo de esta casa, sino lejos, desaparecer para siempre.

La nieve de ayer se ha esfumado, más o menos, tan rápido como llegó, pero me doy por advertido. Pronto vendrá para quedarse, y yo ya sabía que para entonces tendría que marcharme. Puede que haya fracasado, puede que no. Tengo unas decenas de miles de palabras escritas, pero sé que están desordenadas, deslavazadas. Sé, con el terrible estrujón en las tripas que informa a un escritor de estas cosas, que todavía no son *un libro.* Tal vez lo puedan ser, tal vez no, pero sé que mi tiempo aquí se ha terminado.

Comienzo a recoger mis cosas, no hay mucho que meter en la maleta, traje muy poco. Tendré que hacer varios viajes al coche, pero creo que lo podré reducir a tres si dejo ahí las latas de comida sin abrir.

Meto la ropa en la mochila más grande que tengo y la llevo hasta la puerta. Me calzo las botas, encorvado en el porche. Me cargo la bolsa a la espalda y me pongo en camino, cuesta abajo, por el sendero que lleva al coche. Un miedo casi ridículo a que el coche no esté, o tenga algún daño, o no arranque cuando llegue hasta él empieza a crecer dentro de mí, y me descubro recorriendo medio a la carrera el último tramo, solo para terminar recuperando el paso cuando lo veo aparcado junto a la curva, exactamente igual que antes, aunque cubierto por una fina capa de nieve escarchada: una manta lisa e inmaculada que dejó la nevada de ayer.

Limpio la nieve del maletero con el antebrazo, abro y guardo la mochila. Luego no me puedo contener y entro y pongo en marcha el motor. Arranca de inmediato, y yo me río para mis adentros por ser tan bobo como para creer que podría no hacerlo. Aun así, lo dejo funcionando un rato, espero a que el motor se caliente sus buenos cinco minutos hasta que tengo la seguridad de que está satisfecho.

Vuelvo a la casa; hay una segunda bolsa: mi ropa de cama. Y luego el resto de cosas: el portátil, libros, papeles. Llego arriba bastante rápido, con la sensación de que por fin debo de estar acostumbrándome a la falta de aire, y abro la puerta de un empujón.

Estoy en mitad de la habitación cuando algo me hace parar en seco. La mochila, la que acabo de meter en el maletero del coche, está en el centro de la alfombra, frente al fuego.

No hago nada.

Farfullo una corta y malsonante palabra entre dientes, y la piel empieza a picarme, de un modo febril.

Un instante después estoy de nuevo saliendo por la puerta, camino del coche con la bolsa a la espalda, y no es hasta que llevo caminando veinte minutos cuando caigo en la cuenta de que ya debería haber llegado al coche, de que estoy yendo pendiente arriba, y no abajo, y de que ya no llevo la mochila a la espalda.

Me detengo de golpe, para ver dónde estoy: en el sendero que sube desde la casa, en dirección a la montaña; no, no exactamente hacia la montaña, porque ahí delante, a poca distancia por entre los árboles, está esa otra casa.

Doy media vuelta, la dejo a mi espalda y me encamino a *mi* casa, y al coche, pero no he andado más de cincuenta pasos cuando veo la otra cabaña delante de mí. Más cerca, esta vez.

Repito la palabra malsonante de antes y las manos empiezan a temblarme. Pero parece que no tengo elección, porque pese a que hago otros tres intentos de alejarme de la casa, esta aparece ante mí cada vez.

De nuevo maldigo y dejo caer la cabeza con desesperación.

—Vale —accedo, y me acerco a la casa.

Es antigua, casi tan antigua como la de Étienne.

Vista desde abajo, surge de entre los árboles circundantes, rotunda y enigmática, majestuosa. A medida que me acerco veo dos lados de la casa: uno mira directamente a la pendiente del bosque;

el otro, más largo, tiene una especie de abertura al nivel del suelo. Las ventanas están cerradas. Tapiadas, veo ahora, al acercarme aún más.

La casa está toda rodeada de basura. Pilas de cosas viejas: algunas identificables, otras en irreconocible descomposición. Un tramo de escalones de hormigón cubiertos de musgo conduce al lado más elevado de la casa, que queda fuera de la vista.

Los subo.

Más basura.

Pilas de botellas viejas, montículos de metal oxidado. Cientos de latas vacías rebosando de cajas reventadas. Una mesa rota. Colchones, el hedor a humedad y putrefacción a metros de distancia. Aquí está la puerta principal, que da al piso de arriba, pero también esta está tapiada, igual que las dos ventanas de este lado de la casa; han clavado unas láminas delgadas de metal oxidado bloqueando todas las aberturas.

Rodeo la esquina siguiente, que baja desde el lado más alejado de la casa, y veo más pilas de desperdicios. Láminas de chapa ondulada apoyadas contra la pared, oxidándose. Maletas viejas de piel y de cartón, pudriéndose, como todo lo demás en este lugar.

Hay una pequeña área de terreno llano plagada de hiedra, helechos, hierbajos, pero en el centro se ve el residuo húmedo de una fogata. Algo me lleva a acercarme: me inclino sobre la extinta hoguera y veo los restos de un zapato. Es difícil estar seguro, pero parece un zapato de mujer. Luego veo otro, pero no es la pareja del primero. Me acerco a examinar y ahora empiezo a verlos todos; cuento fácilmente los restos calcinados de al menos seis pares distintos de zapatos. Algunas tiras de ropa. Una correa de reloj, vieja, salta a la vista, pero imposible saber cuánto.

Me quedo ahí plantado, notando la misma uña de miedo de siempre acariciándome la nuca. Algo que he descrito con torpeza en una docena de novelas me baja realmente por la espalda.

Continúo la exploración bajando por el cuarto

lado de la casa. Hay un precario cobertizo acoplado a la pared, para ninguna otra cosa reseñable, y al poco vuelvo a estar en el lado frontal de la casa, donde está esa abertura que he visto antes a ras de suelo. Me mira boquiabierta. Y aunque no quiero, sé que tengo que hacerlo. Me acerco.

Dentro, a un lado, hay montones de madera; no esas pilas de leña bonitas y ordenadas que hace todo el mundo por aquí, sino un montículo enorme de cajas de embalar astilladas y ramas afiladas, cúmulos de leños comidos por los gusanos y tablones destrozados.

Al otro lado hay una puerta. Sé que debe conducir al sótano; a la *cave*. Es antigua, y pesada, y en su superficie envejecida alguien ha grabado cosas, mucho tiempo atrás, da la impresión. Son palabras apiñadas, en francés, y por lo que soy capaz de distinguir, francés antiguo. Están escritas en letra cursiva y poco clara, solo consigo descifrar alguna que otra. Hay formas verbales extrañas que ya no se usan. Hay una fecha al lado de una inscripción, una fecha de junio, pero no se ve el año. Hay una especie de firma al pie de un grupo de líneas; muy florida: *Ab*... Y no logro leer el resto.

Y luego hay símbolos grabados en la puerta. Símbolos. Una cruz sencilla, pero que han tapado con una gran uve en una fecha posterior: lo noto en los signos de envejecimiento, distintos. Hay otros símbolos aislados, más pequeños. Y otro; es un triángulo, por supuesto. Un triángulo isósceles, apoyado sobre el lado corto. En su interior, a lo largo de la base, hay tres equis alineadas. Encima de ellas han dibujado una línea horizontal, y en el espacio que queda arriba hay una doble cruz. Por último, el triángulo entero está rematado por otra cruz sencilla colocada en el vértice, como la cruz en lo alto de la aguja de una iglesia.

La observo fijamente.

Oigo una respiración. No.

No oigo ninguna respiración, pero es demasiado fácil imaginarlo, demasiado tentador, aquí arriba, en la ladera inhóspita de una montaña solitaria, en una casa muerta en el bosque. Es fácil imaginarlo, y es fácil sentir la presión de un índice y un pulgar sobre mi tráquea.

Contemplo los símbolos; el triángulo es el que más llama mi atención. Las tres equis me recuerdan algo: Sigmund Freud y Carl Jung solían poner tres crucecitas en las cartas que se escribían el uno al otro siempre que mencionaban algo supersticioso, o aterrador, o simplemente una idea irreverente. Era una broma privada entre ellos, y recuerdo que lo habían sacado de viejos establos y casas de los Alpes, de lugares justo como este: las tres cruces servían para alejar el infortunio y el mal.

Decido marcharme.

Salgo agachado por la abertura al exterior que hay junto a la puerta del sótano, doy unos cuantos pasos. Oigo un ruido detrás de mí; un crujido, como alguien pisando madera seca. Me doy la vuelta; pero por supuesto no hay nada que ver. La casa me lanza una mirada feroz, y ahora reparo en algo que me había pasado por alto.

Pintado en el frente de la casa, en unas letras amarillentas, grandes pero desdibujadas, hay una sola palabra.

—Oh, Dios —digo en voz alta, aunque contenida, porque no quiero perturbar a nadie, o a nada, pues siento que hay algo ahí. Siento algo, en efecto, muy poderoso.

Pintado en la casa veo lo que solo puede ser su nombre.

Piège.

En ese mismo instante, recuerdo lo que significa.

Significa *trampa*.

M

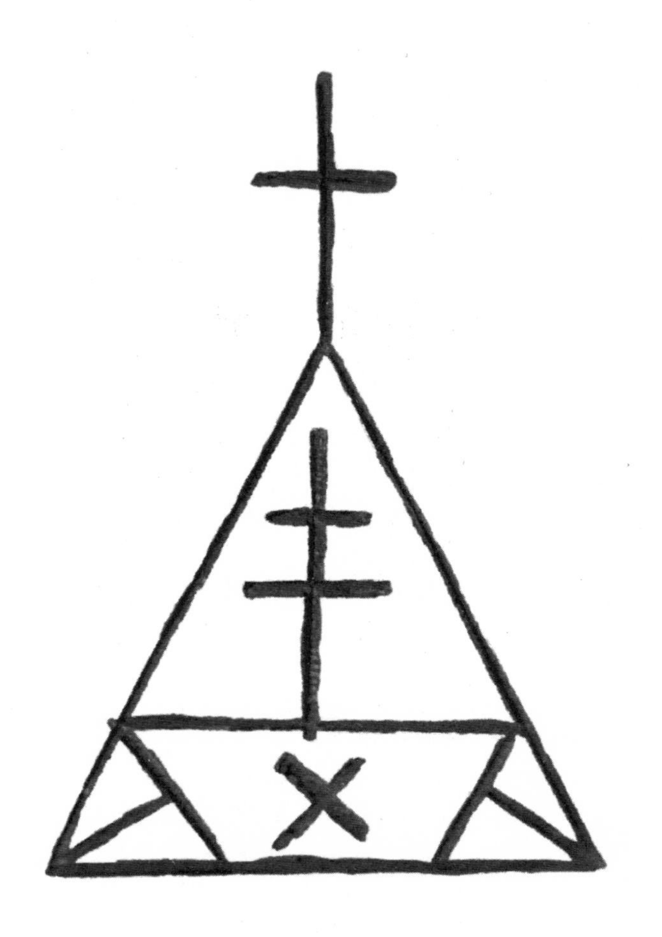

Mi creación vendrá.

Mi creación vendrá.

Mi creación...

Intenté regresar al coche tantas veces que perdí la cuenta. Caminando en círculos, tal vez, o puede que en triángulos.

La cabaña *Piège* me había dejado marchar, desde luego, pero solo para permitirme volver como muy lejos a mi hogar de esas últimas semanas, al parecer, ejerciendo todavía sobre mí su extraña atracción.

Ahí en el suelo estaba mi mochila, tal como la había dejado, junto al fuego. Y todas mis cosas, apiladas y listas para el viaje sobre el escritorio. Y un fuego ardiendo tanto en la cocina como en la estufa, fuegos que no había encendido yo.

—Oh —dije—. Oh. Santo Dios.

Todas las cosas vienen de tres en tres. Cualquier escritor que se digne de serlo te lo podrá decir; de hecho, cualquier *lector* te lo podrá decir, porque nos gusta que las cosas vengan de tres en tres. En particular en las historias: tres deseos, tres trolls, tres adivinanzas; pero esperamos también lo mismo en la vida real. ¡Como si las historias no fuesen la vida real! Pues claro que son la vida real: las crean seres humanos, no máquinas, y el día que una máquina sea capaz de contar una historia decente, más nos vale cavar un hoyo de dos metros bajo tierra, tumbarnos dentro cuidadosamente y dejar que la tierra nos cubra la cara y se nos lleve.

Uno es un punto. Dos es una línea. Solo con tres empezamos a sentir realmente la fuerza de un espacio físico.

Hum, pienso entonces, *el triángulo.*

Es la triangulación la que me ha traído aquí, al fin y al cabo. Es la triangulación la que me ha traído aquí. Al fin y al cabo.

Atrapado en este triángulo, espero a mi tercer visitante, la creación de Victor.

Pienso en el horror. Yo he traído bastante horror al mundo, lo sé. Con mis libros. Con uno en particular, el que me reportó fama, y dinero, cuando todos los demás que había escrito hasta entonces no habían hecho otra cosa que ocupar sitio en un almacén, ni vendidos, ni leídos, ni amados, o en los montones de las bibliotecas, con una solitaria fecha de retorno estampada bajo la cubierta, como mucho.

Quiero dejar todo eso atrás, porque el mundo ya tiene bastantes horrores de por sí, ¿no te parece? Y sí, sé lo que buscaba —escribir es una manera, una manera muy muy buena de comprender el mundo, tanto lo bueno como lo maravilloso, y lo terrible también, y por eso escribía literatura de horror— no para asustar a la gente. La clave no fue nunca esa, nunca, da igual lo que me resultara más fácil decir ante el público en los festivales literarios. No, era otra cosa, algo completamente distinto. Era solo para decir, *¡Oye! Esto me da miedo. ¿No debería darte miedo a ti también?*

Y al final a la gente le dio miedo aquel libro, aquel que escribí, hace diez años o más, y que se vendió con la misma facilidad con la que se vierte el agua por el abismo resonante que hay bajo la casa.

¡Este no se quedará en las estanterías!, me dijeron, sonriendo, pensando en el dinero. Y yo sonreí también, pensando en la gloria. Y en mi repugnante secretito.

Hice lo que hice y ya no puedo deshacerlo. Al menos me reportó seguridad, durante un buen tiempo, si no para siempre, y a medida que han ido pasando los años, he empezado a comprender que me trajo algo más: el deseo de dejar atrás el horror. Porque en el mundo hay horror, pero también belleza, y yo me quiero dedicar a ella. Sin embargo, todo escritor que se precie siquiera mínimamente sabe también otra cosa, pues la llevamos grabada dentro, todos y cada uno de nosotros: que la belleza a nadie le importa. No en la ficción. No en su propia, pura y serena belleza: no en la *ficción*. Es lo que anhelamos en el mundo real, por descontado; belleza, y ya sabes que lo digo en el sentido más amplio de la palabra: un sentimiento de bondad, sabiduría, paz, gozo; todas las cosas bellas que hay en el mundo, y todas las cosas que anhelamos en la vida real, pero que no tienen ningún valor, por sí mismas, en el mundo de los relatos.

Y es que esta es la única diferencia real entre la vida de la realidad y la vida de la ficción. La ficción solo funciona cuando la belleza está mancillada de dolor. Porque la ficción no trata de la vida: trata de los *problemas* de la vida. Por eso leemos. Para entender, para crecer, para saber, para creer, para confiar. En que todos los problemas a los que uno se enfrenta en la vida se pueden superar, al final.

O no. Y ahí es donde la literatura de horror alcanza su punto más horrible; cuando te mira a los ojos, a ti, al lector, y con una sonrisa maliciosa en la cara dice: *No. Esta vez no hay final feliz.*

Estoy sentado en la silla, esperando.

Hace un tiempo, mientras se hacía oscuro, salí con una linterna a la puerta y la hice bailar enfocando la oscuridad, desafiando a venir a lo que tenga que venir y al demonio con todo. Pero la pálida luz de la linterna no mostró nada más que el descenso de un millón, un millón de copos de nieve que caían leves y serenos.

Siguen cayendo, cubriéndolo todo sin urgencia, sin rabia, sin juicios, sin ego, como si supieran que tienen todo el tiempo del mundo para completar su tarea de ocultar todo lo que la humanidad conoció jamás.

Mi creación vendrá.

Oigo una respiración. No en el aire que me rodea, sino en mi mente, respirando, lentamente, respirando, y la presión de un índice y un pulgar de dimensiones gigantescas sobre mi garganta, presionando suave, suavemente.

Y luego debí de dormirme una vez más, junto al fuego una vez más, porque cuando me desperté había una joven de pie enfrente de mí.

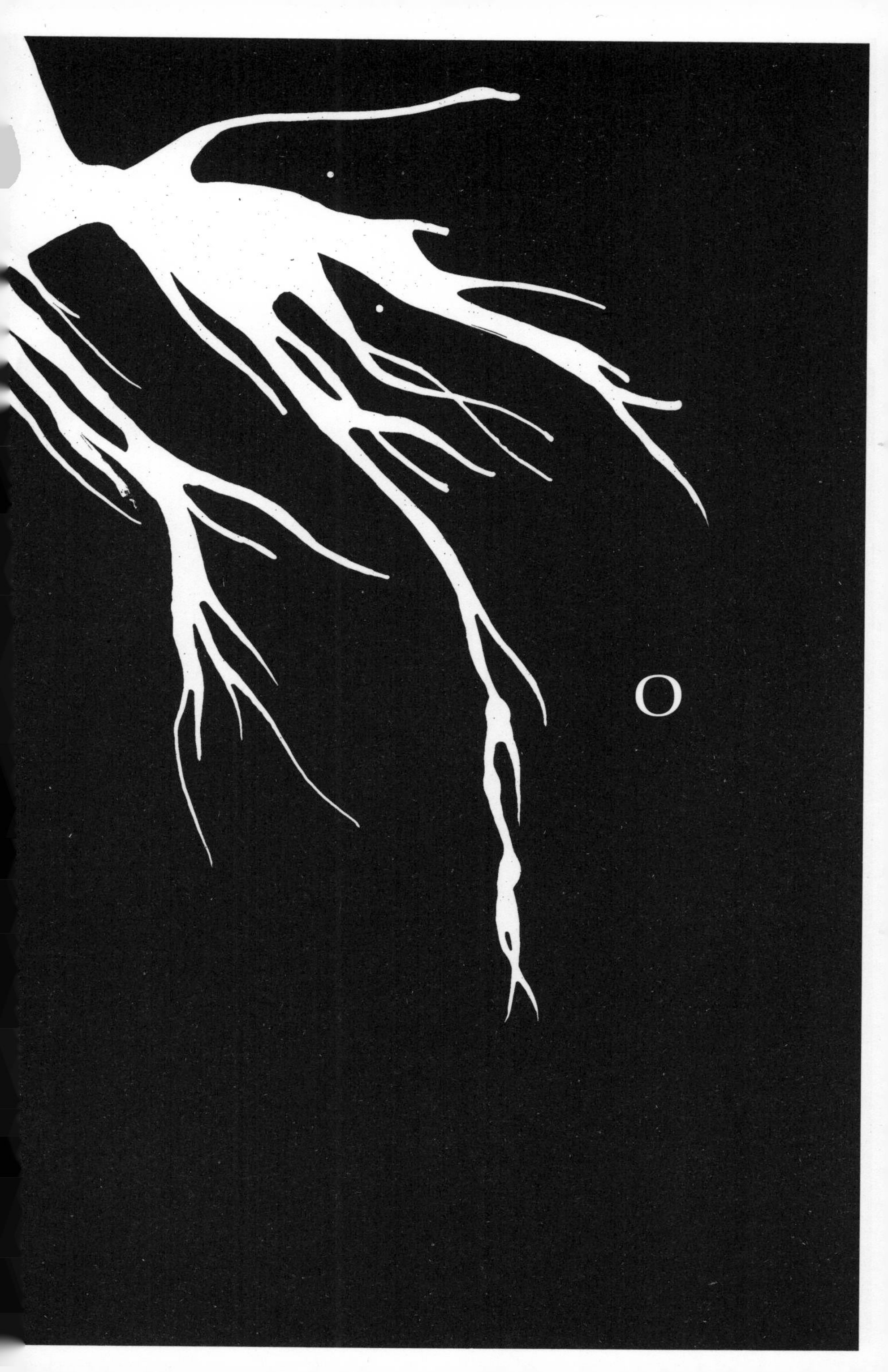
O

Mi creación vendrá.

Eso dijo Victor, sin embargo, no es lo que veo ante mí, sino una mujer, una mujer a la que ya he conocido, de hecho: es Mary, no me cabe duda. Pero ahora es joven, puede que tenga apenas dieciocho o diecinueve años. Como máximo veinte, de eso estoy seguro: la edad a la que publicó su libro.

Parece muy distinta de la dama imponente con la que hablé la otra vez, lo noto de inmediato, pero no soy capaz de identificar qué es. Un detalle: veo que ya no lleva el relicario colgado del cuello, y supongo que aún no lo han confeccionado. Puede que Percy no esté muerto todavía, para esta Mary. Dichosos los ojos que lo vieron vivo.

Me mira desde arriba, pero no noto ni pizca de la fría hostilidad que me hizo sentir su yo maduro. Entonces, ella era esa fuerza tácita que amenaza sin necesidad de palabras o acciones, sino que afirma su poder por medio de la simple osadía. *Si puedo cargar con este peso, no te tengo ningún temor.* Y qué pesos cargaba ella, qué dolorosos, todos esos años.

Ahora, parece simplemente que me esté esperando, esperando que yo sea algo o haga algo, o tal vez solo a que me despierte.

Me desperezo y me pongo de pie, y no es la primera vez que me digo que esto no está pasando, que nada de esto está pasando, porque no puede ser. Sin embargo, los sucesos parecen ignorar lo que yo tenga que decir sobre ellos. Así que no puedo hacer más que dejarme llevar, adoptar el papel del peón.

Le ofrezco un asiento junto al fuego, pero ella niega con la cabeza, despacio, y extiende adelante su brazo malo, con la muñeca colgando ligeramente, y señala la esquina de la habitación, donde la puerta de la planta secreta de la casa está abierta de par en par.

—¿Me hace el favor? —dice, y no es una amenaza, pero sé que tampoco es verdaderamente una pregunta.

Asiento, y camino hacia la escalera, pensando que debe de haberse desvanecido de nuevo, porque sus pasos no hacen el menor sonido, pero cuando me giro veo que está a una distancia desconcertante, justo a mi espalda, tan pegada a mis talones que bajo a toda prisa los peldaños que se hunden en la oscuridad.

—La primera puerta, si es tan amable.

Hace un gesto y yo giro la esquina del pasillo. Una luz sale de la habitación que contiene el único mueble de toda la planta: la mesita redonda con la llave dentro del cajón. Al entrar, veo que ahora hay dos sillas situadas al lado, y una lámpara de aceite decrépita encendida sobre el tablero.

Me señala las sillas, y yo me pregunto si debo sentarme en una u otra; si tiene importancia en cuál me siente.

Ella resuelve el problema tomando asiento en la de la derecha, yo la acompaño sentándome en la izquierda.

No dice nada, y un largo silencio se vierte en las sombras, tan largo que comprendo que está esperando a que empiece yo.

—Yo... Yo esperaba otra co... otra persona —digo.

Ella sonríe, pero es una sonrisa débil, que habla más de desesperación que de felicidad.

Me pregunto si sabe que ya nos hemos conocido, cuando ella era su yo maduro. ¿O ignora eso esta joven Mary? Repaso en mi mente todos los fragmentos de su vida que soy capaz de recordar. En este punto, ¿qué había perdido? ¿Un bebé? ¿Dos? ¿Está muerto ya su marido? No, aún no, pero no tardará. Y la mujer de la que se separó su marido... pronto se tirará al Serpentine, ahogada, como el propio Percy. Y la medio hermana de Mary, no le queda mucho por vivir antes de que se trague esas pastillas. Intento leer algo de este horror real en el rostro de Mary, pero no consigo ver nada.

—Se refiere a la criatura —dice en respuesta.

Asiento.

—Victor dijo que su creación lo seguiría...

—Y tenía razón. Nuestras criaturas nos siguen, nos guste o no. Sé que usted mismo es consciente de ello, ¿no es así?

Otra vez. Se refiere al libro. A mi libro. A mi libro *exitoso*.

Continúa hablando.

—Y del mismo modo que nuestras creaciones nos siguen, comienzan a decir algo de nosotros, a su vez. A definirnos. ¿Percibo que es usted consciente de ello, también?

Y, *Dios mío*, pienso, *es cierto*. Escribí ese libro y creí que yo tenía el control. ¡Ja! Qué cosa tan absurda. ¡Y qué presunción! Porque tan pronto estuvo terminado, y salió al mundo, y empezaron a leerlo y a hablar de él y a leerlo, dejó de estar bajo mi control. Y lo que es más, comenzó *él* a definirme *a mí*. Como escritor, incluso como persona, tal vez, porque la gente me conoce como el autor de ese libro, y nada más. Nada más. ¡Cuánto peor debió ser para Mary! Ella, cuya primera novela se convirtió en una de las obras literarias más famosas del mundo, casi de la noche a la mañana. Desde el instante de su nacimiento, su novela debió de crearla *a ella* en la misma medida en que ella había creado la novela. Se habrá cobrado su deuda, es indudable. Puede que su venganza.

—Veo que me entiende —dice—. Es cierto. Soy tanto el resultado del libro que escribí y de los personajes que creé como de la que era yo misma antes. Dado que Victor es parte del libro, yo soy ahora su creación, igual que él fue originariamente la mía.

Esta conversación está empezando a intranquilizarme. Intento convencerme por última vez de no seguir adelante con ella, pero me rindo. De aquí en adelante, sé que lo único que puedo hacer es andarme con cuidado. Nada más que eso.

Él nació solo unos años antes de que Mary muriera, así que es posible que no sepa que Nietzsche dio en el blanco: *Quien con monstruos lucha cuide de convertirse a su vez en monstruo.* Si lo que creamos regresa para hostigarnos, para definir y alterar lo que somos, bueno, pues, ¿entonces no deberíamos tener mucho cuidado con lo que creamos? Fragmentos de las cosas que he creado en mis libros irrumpen en mi cabeza, y temo de pronto su presencia en mi vida, devorándome desde dentro. *Y si contemplas largamente el interior del abismo, el abismo mirará también dentro de ti.* ¿Y si esas cosas volvieran a hostigarme? Y entonces, con una náusea helada, me doy cuenta de que ya lo han hecho. Como el virus de la inspiración, están ya dentro de mí; transformándome, tiñendo mi visión del mundo, puede que impidiendo que encuentre jamás la paz, o la alegría; porque lo que yo escribí era *horror*.

Justo después de ese pensamiento llega otro.

—Somos responsables de nuestras creaciones —digo, y al escucharme ella levanta rápidamente un dedo hacia la luz de la lámpara, y solo entonces reparo en un olor sutil que había creído que era el aceite, mineral y muerto. Mineral y muerto, un olor bastante parecido al gas, y noto que algo me atrae cada vez más cerca de Mary, del mundo de Mary.

—¡Sí! —afirma—. Ahora lo entiende. Ahora se acerca a la verdad.

Parece guardarse algo más, así que me quedo callado, hasta que ella encuentra el modo de empezar.

—Creo que le dije —continúa (y veo entonces que sí sabe que ha hablado conmigo antes)— que han malinterpretado mi libro desde el primer día. Desde el momento en que se puso en circulación en el mundo, se lo ha presentado como algo que no es. ¿Es usted consciente?

Lo soy, y así se lo digo.

Pregúntale a la mayoría de la gente cuál es el mensaje de Frankenstein y te dirán una de dos. Es posible que digan que es un libro que trata del peligro de jugar a ser Dios. Victor trastea con las ciencias ocultas, a las que no debería acercarse de ninguna manera, y el resultado es el mal, el horror. La muerte. O puede que, desde una interpretación más moderna, alguien te diga que trata de los peligros de la ciencia misma: nos gusta pensar que la ciencia es siempre benigna, mientras que lo cierto es que la ciencia trae consigo tanta destrucción y perdición como avances.

—Pero, con todo el respeto, puede que tenga que culparse a sí misma por ello. —Ella se crispa ligeramente, pero inclina la cabeza para indicar que me explique—. El subtítulo. *O el moderno Prometeo.* Prometeo robó a los dioses los secretos del fuego y el conocimiento, y ellos lo castigaron en respuesta. No es de extrañar que la gente entendiera de ese modo su libro, dado que se refería a Victor Frankenstein como «Prometeo» en el subtítulo.

Cierra los ojos. Asiente despacio, una sola vez.

—Puede ser —dice.

Espera con los ojos aún cerrados un largo instante, como repasando recuerdos dolorosos, hasta que finalmente vuelve en sí.

—Pero le han endosado falsificaciones aún más directas, ¿sabe? Esas interpretaciones ridículas de mi libro sobre el escenario, por ejemplo.

Y en la pantalla de cine, añado para mis adentros, pero me pregunto si sabe siquiera de la existencia de estas cosas. Las películas. En las versiones cinematográficas de la novela de Mary, Victor comete la inconsciencia de poner un cerebro de asesino a su criatura, así que esta nace malvada.

El primero fue James Whale, Hollywood, 1931. No, espera. Ahora me viene a la cabeza que hubo un cortometraje primero, todavía antes.

¡1910! Sí, 1910. Una adaptación de la historia de Mary en doce minutos en la que se representa la creación del monstruo. Y sí, incluso ahí, nace siendo un monstruo. No se convierte en un monstruo más adelante, como sucede en la novela: nace malvado. ¿Y por qué? Al público se le dice que «el mal que habita en la mente de Frankenstein alumbra un monstruo». Una *adaptación libre,* se dijo. Y tan libre.

—Sí —está diciendo Mary—, la primera adaptación de mi libro; sobre el escenario, yo misma la vi en 1823; y ya estaba ahí esta noción equivocada del verdadero tema de la historia.

—¿Cómo así?

—El título mismo de la obra lo dice todo: se llama *Presunción, o el destino de Frankenstein.*

—Jugando a ser Dios, otra vez —digo—. Jugar a ser Dios decide el destino de uno. Un destino funesto.

—Bastante —responde Mary.

—Pero si no recuerdo mal lo que leí en las biografías, usted no detestó por completo la obra.

Me clava la mirada, y capto en ella un atisbo de la Mary de cincuenta y tres años de su visita anterior.

—En efecto. Pero con el tiempo he acabado comprendiendo que para entonces mi creación ya se me había ido de las manos. Desde su origen, el significado que yo pretendía que la gente extrajese del libro ha pasado inadvertido, mientras que estos otros mensajes han ocupado su lugar. Y, ¿sabe?, puede que ni siquiera yo supiese lo que significaba realmente el libro. No lo supe hasta más tarde, mucho después de que saliera al mundo.

Eso me cuadra. A veces escribimos sabiendo lo que hacemos. Pero por lo general, sospecho, no. Mary se levanta de la silla y da un lento rodeo en torno a la mesa mientras habla, sus dedos surcan el polvo de la mesa, el bajo de encaje del vestido roza los tablones. Me doy cuenta de que sus pasos no hacen ningún ruido; no aparece rastro alguno de sus dedos en el polvo.

—La gente dice que trata de los peligros de jugar a ser Dios. Eso no es cierto. No encontrará en el texto ningún pasaje que critique los intentos de Victor de crear vida. La gente dice que trata de los peligros de la ciencia moderna. Y sin embargo, no encontrará en ninguna parte que se defienda esta idea: lo único que se critica es que Victor cometa un *error* científico con su criatura, espantosa y deforme, no que se equivoque en el mero hecho de intentar llevar a cabo su experimento.

Sigo a Mary con la mirada hasta que se pierde detrás de mí, y la alcanzo de nuevo cuando aparece otra vez en mi campo de visión.

—¿Y bien? —le pregunto—. ¿Cuál es el auténtico significado del libro?

—Bueno, acaba usted de decirlo, hace solo un momento.

Comprendo.

—Somos responsables de nuestras creaciones.

—Exactamente. Ese es el verdadero crimen de Victor: no que cree un hombre, sino que, habiéndolo creado, se desentienda de su creación. Le parece feo y repulsivo. Lo rechaza del mismo modo que la gente, a lo largo de la historia, ha rechazado a los pobres, a los leprosos, a los deformes. Y así, rechazada y abandonada, la criatura aprende la maldad de los hombres, en lugar de la nobleza. Y así es como nace un monstruo.

Se detiene enfrente un instante, y luego retoma su camino en torno a la mesa, se adentra en la oscuridad, a mis espaldas, me rodea de nuevo. Cada vez que desaparece tras de mí espero que se desvanezca. Es tan silenciosa como un cuarto vacío, tal vez ya haya desaparecido.

Pero entonces habla.

—Es un libro sobre la maternidad. Más en general, sobre la paternidad. Es un libro sobre el abandono. Sobre el crimen de renegar de nuestra descendencia. De traer alguien al mundo y luego dejarlo a su suerte. Ese es el verdadero horror de mi libro.

Recuerdo la historia de Mary un poco más. Recuerdo a sus hijos.

En el momento en que se publicó su libro había perdido un bebé, una niña, sietemesina, que murió a los pocos días de vida. Poco después, Percy y ella escogieron el nombre de William para su segundo hijo.

Siempre me ha parecido sorprendente... No, siempre me ha parecido realmente terrorífico que, sabiendo el dolor que supone perder un hijo, le pusiera luego el nombre de William al hermano pequeño de Victor en su novela y lo convirtiera en la primera víctima a manos del monstruo. ¡Qué locura! ¡O qué valor! O tal vez sea una terrible y chirriante travesura, como cuando uno hace algo que sabe que sería mejor no hacer; como deslizar la uña bajo una costra... He escrito horror en mis tiempos, y sin embargo jamás he sido capaz de ponerle a un niño asesinado el nombre de uno de mis hijos, por miedo a echarles un maleficio. Por supuesto, no pasaría nada. Nada. Seguramente. Pero ¿y si pasara? *¿Y si pasara?*

Me pregunto cómo se sentiría Mary al respecto, dado que dieciocho meses después de la publicación de su libro, su propio William, su auténtico hijo, murió, sin llegar a cumplir los cuatro años. Mary volvería a ser madre; tres de sus cuatro hijos morirían. Maternidad, paternidad, tiene razón. De eso trata *Frankenstein;* y cuando alumbramos algo, bueno, ¿no deberíamos amarlo y cuidarlo, ya viva hasta los cien años o muera días después de salir de nuestro vientre?

La observo mientras camina a mi alrededor, y sé que sabe todo esto, pese a que a la edad a la que ha escogido aparecérseme la muerte de William aún no ha sucedido. Lo sé porque mientras considero estas cosas, ella me responde.

—No, no volvería a ponerle a otro personaje desventurado el nombre de mi hijo, si tuviese de nuevo la posibilidad. —Hace una pausa—. Así pues, va usted a ayudarme, ¿no es cierto?

Odio este libro. Quiero destruirlo, por todos sus defectos y su esnobismo, quiero descargar mi desprecio sobre él. Pero Mary tiene razón, la voy a ayudar, porque escribió algo poderoso que le fue arrebatado tan pronto nació, y con ello se perdió el sentido que ella quiso darle.

De modo que no puedo hacer otra cosa más que levantarme, tenderle la mano al tiempo que ella me ofrece la suya, y decir:

—Sí.

Nuestras pieles se tocan, un segundo, tal vez dos, mientras sellamos el trato, y me pregunto si esa piel que estoy tocando está viva o muerta, y si yo mismo estoy vivo, o muerto.

Sonríe, una sonrisa breve, y me indica que vuelva a sentarme en la silla.

Ella retoma su asiento.

La luz de la lámpara vacila y resplandece, y su

rostro ya no es el de una mujer que murió hace largo tiempo, sino el de una chica saliendo apenas de la adolescencia. De modo que resulta desconcertante cuando abre el cajón y saca la llave, con la etiqueta.

—¿Sabe de dónde es ahora?

—Del sótano de *Le Piège,* supongo.

—¿Y sabe lo que hay allí?

Trago saliva.

—Lo sé.

—No debe dejarlo salir. Todavía no. No en su actual estado. Por el momento, por el momento el que hay ahí es el monstruo que todo el mundo imagina que es mi criatura. No debe salir de nuevo al mundo bajo esta forma. Tiene que recrearlo. Esa es su misión. Tiene que quedarse aquí y recrearlo tal como era originalmente. No malvado, sino inocente. Un lienzo en blanco al que se podría dotar de lo mejor de la vida humana. Esta es su oportunidad.

—¿Cómo? ¿Se refiere a que reescriba su libro?

Una vez más se pone en pie y me rodea.

—No… No estoy segura de cómo podría hacerse. Le corresponde a usted decidirlo. Yo tengo fe. Tiene que encontrar la manera de recrear mi libro, si no de reescribirlo. Pero hay una cuestión que está por encima de todo…

—¿Sí?

Cruza por detrás de mí, desaparece de la vista en la oscura habitación.

—Debe conseguir que la gente comprenda esto: que somos responsables de lo que creamos.

—Pero, yo no puedo… Es decir, no sé si es posible siquiera…

Me callo.

Me callo porque ya no está, y le estoy hablando al aire negro, vacío. La lámpara arde. La nieve cae.

S

monstruo (s. m.)
principios s. XIV, *«animal o humano deforme, criatura que padece un defecto congénito»*
del francés antiguo, monstre, mostre, «monstruo, monstruosidad» (s. XII*)*
y directamente del latín monstrum, «maldición divina, portento, señal; deformidad; monstruo, monstruosidad»
en sentido figurado, «personaje repulsivo, fuente de temor, acto terrible, abominación»
de la raíz de monere, «advertir, alertar»
*del proto-indoeuropeo *monestro-, causativo de la raíz *men-, «pensar»*

Pensar.

Monstruo significa *pensar*.

Un monstruo significa pensar.

Entonces, ¿todos nuestros pensamientos son monstruos?

Atrapado.

No puedo marcharme, no puedo escribir. Porque ¿cómo voy a ser capaz de conseguir lo que quiere de mí? Siento que quiero ayudarla, quiero. Pero es una tarea imposible, ¿no?, cambiar el pasado.

Puede. O puede que no. Es posible reescribir la historia. Ocurre a veces; cuando una ideología reemplaza a otra, cuando los que eran los hechos se refunden, se descartan, se rehacen, se sustituyen por hechos «nuevos». Es por eso por lo que arden los libros, a manos de aquellos que querrían reescribir, no solo la historia, sino toda una cultura. Y ahora Mary quiere que queme su libro. Para poder rehacerlo, y sin embargo, como ya he dicho, es imposible quemar un libro mientras perdure en la memoria de una sola persona. Aun así, tal vez haya una pequeña posibilidad de hacer lo que quiere que haga. Y si es posible, quiero, porque ahora comprendo que yo mismo lo necesito. Tengo que creer que podemos ser distintos de lo que hemos creado, y para creerlo, necesito verlo.

Supongo que estoy fuera de tiempo, ahora mismo. Es decir, fuera *del* tiempo. Que nada puede tocarme, que nada puede alcanzarme.

No me quedo en la planta oculta de la casa, sino que regreso al salón en el que arde el fuego.

Por la ventana mugrienta veo los fantasmas de los copos que caen, todavía sin prisa, todavía fuertes y constantes.

Si estoy fuera del tiempo, me pregunto si la nieve seguirá cayendo eternamente y me sepultará en una montaña blanca, de pureza y de silencio. ¿Seguirá apareciendo comida en los armarios? Esa última botella de vino que me reservo continuamente, ¿reaparecerá en la encimera, pese a que tal vez la apure cada noche? ¿Seguirá habiendo día y noche, siquiera, o solo esta noche infinita bajo la nevada?

Parece probable. Parece probable a la manera en que Victor y su monstruo se persiguen el uno al otro por los desiertos árticos al final de la novela, pese a que, cuando Victor muere, la criatura anuncia que seguirá caminando hasta que encuentre un lugar en el que levantar una pira funeraria y arrojarse a las llamas.

Pero Victor no murió. Y la criatura no se inmoló. Los dos siguen vivos en las páginas del libro de Mary y en nuestras mentes, enzarzados en un duelo eterno por imponerle su dominio al otro. Ese es el poder del libro. La inmortalidad, para bien o para mal. Es majestuosa, a su manera, esta inmortalidad. Y poderosa. Una vez empieza la historia, una vez se cuenta la mentira, es muy difícil descontarla, y sin embargo esto es lo que Mary querría que hiciera.

Yo…

Debo encontrar la manera, entonces, de…

Debo encontrar la manera de hacer lo que hay que hacer. Así que…

Cuando una escritora, o un escritor, se propone crear algo nuevo, cuando crea un monstruo, ¿significa eso…?

¿Significa eso que cuando un escritor crea un

monstruo, quién es el… es decir, cuando un escritor crea, crea, un monstruo, es él el…?

Calma. Necesito calmarme un momento, y si estoy fuera del tiempo tengo tiempo. Todo el tiempo que haga falta. Podría dejar pasar los días y tal vez respirar solo una vez, o dos. Podría dejar que la luna trazara su calendario a través del cielo y no escribir más que una palabra en el papel. Y luego tacharla. Tengo tiempo.

Cálmate.

La cuestión es esta. Cuando un escritor crea un monstruo, ¿quién es el auténtico monstruo? ¿El monstruo, o el autor que lo creó? Comienzo a darle vueltas a algo aquí, y me… me traslado al escritorio, y me traigo mis cosas. Para trabajar.

Tengo que concentrarme en este trabajo. El de crear un monstruo. ¡No! El de recrear una criatura de acuerdo con su verdadera imagen. Un hombre. Un simple hombre, que no nace exactamente como un niño, pero que es ciertamente como uno, listo para absorber todo lo que se le ponga delante. Una criatura que podría ser el mejor de nosotros, no el peor.

¿Por dónde empezar?

Recuerdo que hubo una vez...

No. Eso no es...

Aquí va otro pensamiento. *Mary lo sabe.* Mary sabe lo que hice. Mi libro. No el suyo. Eso que me vuelve loco, si lo dejo (y a menudo lo dejo).

Lo sabe, lo sabía. Sabía desde el principio lo que hice, lo sabía todo de mí, más que nadie, más que yo mismo, y mientras fuera cae la nieve, dentro regreso a los tiempos en que escribí el libro, y siento un escalofrío.

Quizás lo que hice no sea tan grave, según el criterio de alguna gente. No maté a nadie. No le hice daño a nadie más que a mí mismo, y a otro escritor, un hombre que llevaba mucho tiempo olvidado en la historia. Pero lo que hice me ha hecho más daño del que podría haber imaginado entonces. No podía saber que ese libro, *ese libro,* sería el que me granjearía el dinero y la fama modesta del escritor.

De entre todos los demás, podría decir volúmenes; pero ahí estaban en las estanterías del almacén, empaquetados, mientras que el libro que me convirtió en el escritor que soy, el libro que *me creó,* volaba de las librerías con la misma rapidez con que eran capaces de imprimirlo.

¿Y qué fue lo que hice?

Robé.

Robé algo; robé el argumento del libro. ¿Y por qué? No porque no se me ocurriera ninguno, no porque sufriera del bloqueo del escritor, no porque fuera incapaz de disponer sucesos de mi propia invención. ¿Por qué entonces? En broma. Por un acto de arrogancia fácilmente equiparable a cualquiera de los que metió Mary en su novela. Por la creencia arrogante de que la gente es tan inculta hoy en día que podía robar el argumento de una novela clásica y nadie se daría cuenta. Escogí un libro, un libro famoso, de esos que todo el mundo dice que ha leído porque «saben que se supone que hay que leerlo».

Pero que no han leído.

Ni tú, oh, editor mío.

Ni los correctores que trabajaron en el libro.

Ni mi agente, ni la crítica, ni los reseñistas, ni los lectores. Esa era mi arrogante afirmación, ¿y sabes qué? Se demostró que tenía razón. Estuve todo el tiempo esperando que me pillaran, y con cada filtro que pasaba el libro sin que lo detectaran, más difícil se hacía confesar. Y de pronto el libro estaba a punto de publicarse y el resto, bueno, el resto ya lo sabes.

De modo que mi éxito es una mentira. Una mentira basada en el robo. Y eso me hace sentir vacío, y me lleva a preguntarme si tengo siquiera algún derecho a referirme a mi éxito con ese nombre.

Somos responsables de nuestras creaciones.

Y nuestras creaciones terminan, a su vez, por crearnos a nosotros. Si creas una mentira, te convertirás en una.

Sé que…

Tengo que hacerlo. Es decir, tengo que crear…

Hay nieve cayendo. Y veo que el tiempo se ha desenmarañado hasta un punto en el que carece de sentido. ¿Me he dejado la lámpara encendida abajo? No lo recuerdo, y sé que tendría que comprobarlo, pero la puerta que lleva a las escaleras está cerrada.

Es imposible abrirla.

Me meto la mano en el bolsillo y la nieve cae y la llave no está ahí. La llave no está en ninguno de mis bolsillos porque la llave está en el cajón de la mesita redonda que hay abajo, en los cuartos ocultos. Voy a necesitar esa llave. Voy a necesitar esa llave, pero solo cuando la criatura esté ya refundida.

Tengo que...

Se oye un ruido. Y sé lo que es. Una respiración. Está respirando, respira, y yo siento la presión y el estrujón de un índice y un pulgar en la garganta. Mi garganta, que se vacía, no, mi mente no puede con...

Me despierto de un sobresalto, me quedo dormido junto al fuego.

Frío.

El fuego está frío. Lo enciendo. Noto un olor, el olor de algo mineral que lleva mucho tiempo muerto. ¿O está vivo todavía? Y algo anda cerca, no dentro de la casa, pero cerca; hay algo muy cerca, respirando, respirando, respirando. Y entonces.

Se para.

Y entonces. Busco.

Me veo a mí mismo buscando.

Escribiendo.

Haciendo. Siendo.

Siendo poco más que nada, mientras el tiempo se despliega, y entonces, de nuevo, oigo esa respiración, justo ahí fuera, justo en la maldita puerta. Huele a gas. Una sombra cruza volando mi mente. Corro.

Corro.

No, camino, linterna, y luego abro la puerta de par en par y ahí está la nieve cayendo; la noche, los árboles, y una capa de nieve muy alta sobre el suelo, y en la nieve un rastro: pisadas.

La nieve está transformando el bosque, está

transformando el mundo. En algún rincón de la noche un ciervo se alza bajo las ramas de un pino, encorvado por el peso de los cuernos, pero cuando llegue el invierno los perderá y se transformará en algo nuevo. ¿Otra clase de bestia, entonces? No. No, el animal permanece.

Pero ahí, pisadas.

Pisadas.

Las miro fijamente.

Hasta la misma puerta, recientes; se ve la nitidez de sus contornos atenuándose ya con la nieve que cae. Alguien ha estado aquí, justo aquí, hace un momento. Llamando. Llamándome. Sé que no puedo hacer otra cosa que seguir. Qué decisión tan abrumadora. Siento escalofríos mientras me preparo, las manos me tiemblan, la piel me hormiguea, el corazón me late con fuerza.

La linterna.

Abrigo, abrigo grande.

Botas.

Guantes, necesitaré guantes.

Y la linterna, la linterna, la agito, me adentro en la noche.

Pisadas profundas, hasta la rodilla.

Y es lento, pero las sigo, por un lado, me voy abriendo camino, tengo que seguirlas. La linterna ilumina cristales blancos a mi paso, diamantes en la nieve (¿te acuerdas?), diamantes, millones de diamantes hermosos y sin ningún valor que me guían hacia arriba, lejos de la casa, al centro del mundo, el centro mismo del triángulo, y sé dónde está ese centro ahora, es la trampa, pero tengo que ver quién me está llevando hacia allí, tengo que darme prisa por la nieve espesa.

Me alejo. La casa detrás, el bosque delante.

Sigo adelante. Respirando, respirando.

Un minuto tras otro. Resollando. Los guantes se me caen y paro a colocármelos, y la nieve de la rama de un árbol me resbala por el cuello, y yo sigo y sigo, tambaleándome.

Entonces.

Ahí está. La trampa. Esperando.

Piège.

Está encajada (¿y por qué me parece mejor esta palabra?) en la nieve cada vez más profunda, y las pisadas llevan arriba y arriba hasta ella, y sé que tengo que darme prisa, porque no hay que dejar que esa cosa vuelva a salir, no en su estado actual. Ahora lo entiendo. Mary tiene razón. Mary, mi Mary. Estamos los dos tan atrapados como el otro. No puedo odiar más su libro. Su cuento, su cuento de hadas. Solo puedo compadecerme de él igual que me compadezco de mí mismo, con mis miserables engaños. Y la compadezco a ella también, reclamando un final mejor para su cuento de hadas.

Tropiezo. Caigo. Caigo *de nuevo*. Avanzo hacia la trampa, y a la abertura en la pared, todavía lo bastante despejada de nieve para permitirme entrar, y entonces...

La respiración. La oigo, al otro lado de la puerta del sótano, muy lenta.

Profunda.

Pesada.

El índice y el pulgar me aprietan la tráquea, y no oigo más que la respiración. Compruebo que la puerta está cerrada, bloqueada. Bloqueada. Está bloqueada. Bien.

Pero las cosas se aflojan. Me aferro como si me fuese la vida en ello, en la ladera de la montaña oscura, aquí, en el centro del mundo, en el centro de la nada, y al otro lado de un viejo trozo de madera hay un monstruo, respirando.

Cuesta. Es muy difícil. Veo... No, no veo nada más que la nieve, triángulos, y siento la casa a mi alrededor, y al otro lado de la puerta...

No. A mi alrededor...

Respirando.

¿Cuándo llegué aquí? ¿Qué hice? ¿Me encontró Mary a mí o la encontré yo a ella? Todo cuesta ahora, cuesta mucho pensar algo con claridad, tan solo pensar con claridad un estúpido segundo, para saber qué es qué. Y huelo algo en mi presencia, y no hay duda de que algo se ha metido a la fuerza dentro...

Se ha metido a la fuerza dentro de mí.

Por todo alrededor: la nieve volando y los símbolos; triángulos en la madera, y la montaña de palos. Hay una fecha. Inscripciones y una fecha en la puerta, y la puerta está abierta. La puerta está *abierta*, y dentro hay oscuridad y respiración.

Empujo la puerta y entro, la linterna alumbrando, aquí, allá... No hay nada, nada salvo esa respiración que me llena, me llena, y la linterna no alcanza a iluminar ni un palmo delante de mí; la negrura absorbe toda su luz y parte de la mía.

Entonces me doy la vuelta, y lo veo.

Apenas un momento, se me echa encima, surgiendo de la oscuridad. Su cara es una disculpa desconcertante en la que está escrita su historia entera. Cada músculo horrible, descarnado y rezumante que se crispa en torno a sus ojos, cada tendón tenso de su cuello me describe la futilidad de lo que quiere Mary. Y entiendo que no podemos controlar las cosas que creamos, porque la gente cree lo que quiere creer. Cogen lo que les interesa de lo que leen, y de lo que ven, y no importa lo más mínimo que no fuera eso lo que se buscaba. Y si la idea en la que quieren creer es en realidad más poderosa que la idea que fue creada, entonces, sí, esa es la idea que sobrevivirá. Esa será seleccionada. Es natural.

Sé que la tarea de Mary es en vano. Mi tarea es en vano. Tenemos los monstruos que merecemos, y ni Mary ni yo podemos cambiar eso.

Lo único que existe es la criatura, para siempre. No hay cuento de hadas, ni final.

La criatura se cierne sobre mí desde arriba, el cogote de su cráneo pelado roza contra el techo bajo del sótano. Inclina la cara, la acerca a la mía, y con sus ojos vidriosos me inspecciona durante tres largos segundos. Siento la presión del índice y el pulgar en mi garganta, y su respiración en mi cara, en mi nariz, en mis pulmones, donde se han alojado unos cristales de hielo que no se derretirán jamás. Sin decir una palabra, la criatura habla:

Si puedo cargar con este peso, no te tengo ningún temor. Ni a ti ni a nadie.

Cierro los ojos y espero a que me aniquile.

Y entonces oigo un movimiento, y cuando abro los ojos veo que ha dado la vuelta y se aleja dando zancadas. Se aleja. Sale al mundo una vez más.

Lo sigo hasta el umbral, todavía con la linterna agarrada, apuntando con mi débil haz de luz tras de él. Pero se ha hecho ya invisible, se ha hecho parte de la oscuridad de la noche.

La otra mano, la mano cortada, me da punzadas; y noto algo, noto algo entre los dedos, y bajo la vista y descubro que es la llave. La llave de este lugar, de la trampa.

Y luego miro las pisadas que me han traído hasta aquí y veo que eran mías.

LOS MONSTRUOS

QUE MERECEMOS.

Este libro utiliza el tipo Aldus, que toma su nombre
del vanguardista impresor del Renacimiento
italiano, Aldus Manutius. Hermann Zapf
diseñó el tipo Aldus para la imprenta
Stempel en 1954, como una réplica
más ligera y elegante del
popular tipo
Palatino

* * *

* *

*

Los monstruos que merecemos se acabó
de imprimir un día de invierno de 2021,
en los talleres gráficos de Egedsa,
P. I. Sureste, Carrer de
Roís de Corella, 12,
08205 Sabadell
(Barcelona)